JAMAIS AVEC TON MEILLEUR AMI

JULES BARNARD

Chapitre Un

Je suis bloquée dans la *friend zone*. Une fois de plus. C'est quoi mon problème avec les mecs ?

Je décharge mon plateau en jetant des regards furtifs à Zach et cette femme.

La même blonde qui vient au Blue Casino tous les mois, réglée comme une horloge. Elle est belle, avec des cheveux courts et ébouriffés couleur platine ramenés derrière l'oreille à la garçonne. Ce soir, elle porte des talons aiguilles et une mini-robe microscopique noire et moulante. C'est dur à dire, depuis l'invention du Botox et des produits de comblement, mais elle semble plus âgée que Zach. Trente-cinq ans, peut-être.

Jimmy, le barman du bar sportif où je travaille ce soir, secoue la tête.

— Il ne te mérite pas, ma belle.

— Quoi ? je lui demande en poussant le dernier verre vide vers lui. Je trouve ça fascinant, c'est tout.

Blondie tend à Zach une carte magnétique. Il la fixe, puis lève les yeux.

Et tombe sur moi, car je l'observe. Comme d'hab.

Nos regards se croisent et, l'espace d'un instant, je vois la culpabilité sur son visage.

Je tourne la tête vers le bar, mes mains tremblent. *Merdum.*

— Tu m'étonnes que tu trouves ça fascinant, glousse Jimmy en essuyant le comptoir.

Je suis sûre que tout le monde soupçonne que je craque pour Zach Elliott. Sauf Zach. Ou peut-être qu'il le sait et qu'il s'en fiche. Zach est mon pote… mon pote avec qui je veux faire des bébés.

Je soupire et ferme les yeux, luttant contre la frustration avec laquelle je vis depuis plus d'un an. Zach prend soin de s'assurer que nous sommes *seulement* des amis. C'est humiliant. Je me languis alors qu'il me rejette passivement.

La femme s'en va, et il exhibe ses mains face aux caméras du plafond pour montrer à la maison qu'il n'a pas de cartes ni d'argent cachés dans sa manche. Il se prépare à quitter sa table de blackjack. Pour la suivre. Comme il le fait *chaque foutu mois*.

Pourquoi elle ? Pourquoi pas moi ?

Le pire, c'est que Blondie n'est pas la seule conquête de Zach. Il s'envoie en l'air tout le temps. En général, je ne le vois pas en action, Dieu merci, mais j'entends parler de ces femmes qui sortent de chez lui à toute heure. Il flirte avec tout le monde. Sauf avec moi.

Je balance mon plateau sur le comptoir, et Jimmy lève un sourcil.

— Pardon, je maugrée.

Du calme, Nessa. Je ne peux pas me laisser démoraliser. Je ne suis plus moi-même. C'est n'importe quoi.

Jimmy a raison. Zach ne mérite pas mon amour. Seulement, je le connais. Il est tendre, drôle et merveilleux. Il y a des salauds qui ne pensent qu'à s'envoyer en l'air et qui traitent les femmes comme de la merde, mais pas Zach…

même si son comportement n'est pas vraiment reluisant en ce moment, alors qu'il se prépare à rejoindre Blondie.

J'appuie ma main au centre de ma poitrine. Ça me fait tellement souffrir. Pourquoi est-ce que je m'inflige ça ?

Je devrais m'inspirer du manuel de savoir-vivre de Zach. Sortir, rencontrer des mecs. Je ne coucherai pas pour coucher. Je l'ai déjà fait. Les coups d'un soir durant ma dernière année universitaire m'ont laissée si vide que j'ai arrêté de sortir pendant longtemps. Mais Zach m'obsède depuis un an et demi, depuis que j'ai obtenu un diplôme de communication (qui ne sert à rien) de l'université de San Francisco et déménagé au lac Tahoe avec une amie.

Mon amie a fait sa vie. Pas moi.

Zach est l'une des premières personnes que j'ai rencontrées à mon arrivée, et au début, j'ai senti cette étincelle entre nous. Je le surprenais en train de me regarder *comme ça*, avec chaleur et désir, juste avant qu'il n'efface l'expression de son visage et ne m'attribue un surnom ridicule.

Il me traite comme sa petite sœur, et ça me rend folle. J'ai envie de m'arracher les cheveux. Ce qui ne m'embellirait pas. Mes longs cheveux noirs m'arrivent à la taille, et c'est mon meilleur atout. Quelque chose retient Zach et j'en ai marre de me heurter à un mur. Le mieux pour moi serait d'aller de l'avant et d'arrêter de rêver à cet amour impossible.

Je repars servir un plateau chargé de cocktails et, par mauvaise habitude, je cherche celui qui me rend foldingue.

Zach n'est plus à sa table de blackjack. Et malheureusement, je sais ce que ça veut dire.

Prise de crampes d'estomac, j'appuie les coudes sur les côtes. Le mouvement fait basculer mon plateau, et la pile de serviettes posée sur le dessus dégringole au sol.

— Besoin d'aide, Ness ?

Je lève la tête et croise les yeux bleu clair de Sal.

C'est un habitant du quartier qui vient voir les matchs sur les écrans géants du bar. Il fait partie d'un groupe d'habitués qui se retrouvent chaque semaine. Parfois deux fois par semaine.

Je me penche pour ramasser les serviettes.

— C'est bon, Sal. Merci.

— Tout va bien ?

Son expression est chaleureuse et préoccupée comme s'il voyait quelque chose sur mon visage qui l'inquiétait.

Sal est un chic type, plutôt beau gosse. Il a environ mon âge, avec des yeux revolver, la peau hâlée et des cheveux blond cendré. Malheureusement, il incarne la génération traîne-savate de Tahoe avec ses jeans effilochés dont l'ourlet traîne par terre et ses t-shirts sont si usés qu'on voit presque à travers. Mais ce n'est pas pour cette raison que je ne me vois pas avec lui.

Je ne m'imagine avec personne d'autre que Zach. Et il faut que ça change.

— Ouais, juste une soirée pourrie.

Je jette les serviettes sur mon plateau et me relève.

Sal passe un bras autour de mes épaules.

— Prends un verre avec nous ce soir, Ness. On va au Farley tout à l'heure.

Le Farley est un petit resto de quartier à quelques rues d'ici. Leur jeu de cornhole en salle est une grande attraction locale.

Je n'accepte jamais les invitations des clients qui me draguent au Blue, ce qui arrive souvent vu mon uniforme. Un bustier à paillettes et un pantalon sexy en satin font un effet bœuf. Mais Sal et ses copains sont des types tranquilles. Ils s'intéressent plus à la bière au fond de leur pinte qu'aux jolies filles qui passent. Ils ne cherchent pas à assouvir leurs fantasmes de la serveuse sexy.

Sal lève les yeux et se fige. Je tourne la tête et vois mon

amie Mira entrer, ce qui explique pourquoi même Sal a tourné la tête. Il est peut-être tranquille, mais c'est *un homme*.

Mira est d'une beauté éblouissante. Seul un homme mort ne la remarquerait pas. Dommage qu'elle soit prise. Elle est en couple avec Tyler, le frère de ma copine. Mira est ce qu'on peut appeler une fille farouche. Personne ne pensait qu'un homme pourrait percer sa carapace et atteindre son cœur, mais Tyler a relevé le défi. Ils semblent vraiment heureux ensemble. Et je ne suis pas jalouse que toutes mes amies se soient soudainement casées. *Pas du tout.*

Bon, un peu.

Mira parcourt le bar des yeux, à la recherche de quelqu'un. Je lui fais signe.

Sal me sourit.

— Tu me diras si tu veux venir, dit-il avant de rejoindre ses potes.

Mira lâche son téléphone dans son sac. Elle doit sortir du travail.

— Salut. Je viens voir si c'est toujours bon pour les tacos demain soir.

— Ben, comme toutes les semaines, non ?

Zach organise un dîner tacos chez lui tous les mercredis. C'était l'une des premières soirées où il m'a invitée.

Je froisse les serviettes tombées, qui sont inutilisables maintenant qu'elles ont touché le sol.

— Tout va bien ?

Je souris faiblement.

— Ouais. Je suis juste d'une humeur de chien.

La confusion plisse le joli visage de Mira.

D'accord, je suis toujours de bonne composition d'habitude. Mais une fille a le droit d'être de mauvaise humeur de temps en temps. Je vais peut-être accepter l'invitation de

Sal. Un changement de décor me fera du bien. Voir Zach partir avec cette femme m'a mise sur les nerfs.

Je prends Mira en aparté.

— Je vais positiver. J'ai juste eu une journée pourrie. Sal m'a invitée à boire un verre après le boulot pour décompresser un peu.

Mira jauge Sal par-dessus mon épaule. Elle a eu une enfance difficile, elle est née dans un foyer d'alcooliques et de toxicomanes. Elle a eu de grosses galères, ça l'aide à repérer tout de suite les mecs louches.

— Mignon, mais…

— Je sais. Il aurait besoin d'un relooking. Mais ce n'est pas ce que tu crois. Sal est un habitué. On est des amis.

— N'empêche… Tu veux que je t'accompagne ?

— Nan, ça va aller.

Mira me serre le bras.

— Nessa, t'es sûre que ça va ?

Je n'ai avoué à personne mon amour pour Zach, même s'ils se doutent tous de quelque chose. Nous sommes tous amis, et parler de mes vrais sentiments pourrait créer un climat gênant.

— Ça va. On se voit demain chez Zach ?

— Ouaip. J'ai même fait des cookies pour le dessert.

— La vache… dis-je en levant la main et appuyant le dos sur son front. T'as de la fièvre ou quoi ?

Mira éclate de rire.

— Non. Tyler et moi avions envie de pâte à cookie hier soir. On a mangé la moitié d'une boîte, puis nos estomacs se sont rebellés. J'ai fait des cookies avec le reste.

— Donc c'est de la pâte à cookie industrielle ?

Elle émet un drôle de son guttural.

— Évidemment !

— *Ouf*, tu m'as fait peur pendant une minute.

Mira glousse avant de s'éloigner.

— J'ai pas mal cuisiné ces derniers temps, dit-elle en s'éloignant. Fais gaffe, je suis devenue une bonne petite femme d'intérieur. Le prochain dîner tacos aura peut-être lieu chez moi.

Oh merde. Zach est la seule personne de notre petite bande d'amis à savoir cuisiner. Mira aux fourneaux est une perspective effrayante. Son nouveau poste d'assistante d'une cadre sup du Blue est parfait pour elle. Elle adore donner des ordres aux gens des RH. Mais cuisiner ? Elle n'a jamais cuisiné pour quiconque, pour autant que je sache. Peut-être qu'elle a fait des expériences sur Tyler. Si c'est le cas, le pauvre a épongé les plâtres pour nous autres.

Je m'approche de Sal et lui donne un coup de coude dans le bras.

— Hé, je crois que je vais me joindre à vous ce soir.

— Ça, c'est cool, dit Sal avec un sourire.

— Je finis à minuit, donc dans une heure environ. Ça te va ?

— Bien sûr. Les gars partiront sans doute plut tôt, mais je vais rester ici pour t'attendre, dit-il en montrant les écrans de télé. Ils vont diffuser des extraits d'autres matchs.

Je termine mon service et me prépare mentalement à chasser Zach de mon esprit pour une soirée… plus longtemps même, si je m'en tiens à ma volonté de passer à autre chose.

Et oublier la possibilité qu'un *nous* existe un jour.

Chapitre Deux

ZACH

—Ah, voilà mon beau gosse.

Alexis est assise sur le lit, un verre de vin rouge sang à la main, quand je pénètre dans sa chambre en me servant de la clé magnétique qu'elle m'a donnée. Elle occupe une suite de luxe du Blue, avec un bar complet, la vue sur les montagnes et le lac – elle n'a pas lésiné sur les moyens.

Elle s'approche de moi et m'empoigne les fesses, tend le cou pour planter un baiser sur ma bouche. Je tourne la tête à la dernière seconde et son baiser atterrit sur la joue.

Une moue disgracieuse au possible lui déforme la bouche.

Je m'avance dans la chambre, essentiellement pour mettre de la distance entre nous.

— Pourquoi es-tu en ville ?

— Une dame ne peut pas rendre visite à son garçon préféré ?

Les muscles de mes épaules se contractent.

— Homme. Je suis adulte maintenant, Alexis.

Ses yeux pétillent.

— Oui, tu es un homme.

Elle s'approche de moi et me palpe le sexe.

Marrant. Même ma queue sait quand elle doit fuir et se planquer.

Je fais un pas sur le côté, hors de sa portée.

— Écoute, Alexis, j'ai des choses à faire ce soir. Je ne peux pas te voir.

Ce n'est pas vrai, mais je n'ai aucune envie de rester là.

Quand Alexis m'a coincé à ma table de blackjack et donné sa clé en public, j'étais furax. Nous avons toujours fait preuve de discrétion. Mais au lieu de chercher des yeux le chef croupier, ou quiconque qui pourrait me reprocher des familiarités avec une cliente du casino, mon premier instinct a été de jeter un œil vers le bar sportif où Nessa travaille.

Elle regardait déjà dans ma direction. Ses yeux ont immédiatement dévié sur le côté, mais j'ai pensé qu'elle avait sans doute été témoin de l'échange. J'ai eu une furieuse envie de casser en deux la carte magnétique d'Alexis.

— Chéri ?

Alexis s'avance vers la table à manger en chrome et pose son verre de vin.

— T'as l'air fatigué. T'as eu une longue journée de travail. Enlève tes chaussures. Va prendre une douche chaude dans la salle de bain. Tu te sentiras mieux après.

— Non merci. Je vais rentrer chez moi.

Alexis était là pour moi après l'accident de ma mère il y a huit ans, et j'ai du mal à l'envoyer bouler. Je ressens une obligation envers elle. Mais cette obligation est difficile à supporter ces derniers temps. Je me dirige vers la sortie.

— Zach, tout va bien ?

Elle me rejoint, son expression est tendre. Mais je ne suis pas dupe. Alexis a un cœur de pierre. Elle se soucie de moi à sa façon, mais ce n'est pas sincère. En fait, je me demande si ça n'est pas purement par égoïsme de sa part.

— Ça va. Je suis fatigué, c'est tout.

Mentalement plus que physiquement.

Elle saisit les boutons de ma chemise.

— Arrête.

J'écarte ses mains.

Elle n'accueille pas ma réponse par une moue cette fois, mais un regard carrément frustré.

— C'est quoi ton problème ? Je me suis toujours occupée de toi. Depuis que ta mère… Bref, depuis des années. J'ai été là pour toi et c'est comme ça que tu me remercies ?

Elle baisse les mains et me tourne le dos, contemplant ma ville natale par la baie vitrée.

Je soupire. Alexis sait exactement comment me faire culpabiliser. Ses actions sont peut-être le fruit de l'égoïsme, mais elle a raison. Elle était la meilleure amie de ma mère, et d'une certaine manière, elle a été une figure maternelle pour moi.

Une mère que je me tape. Putain, c'est tordu.

—Je ne voulais pas te manquer de respect.

Et maintenant, je me sens tout con. Mais Alexis va trop loin parfois et je n'ai pas envie d'elle. Pas depuis des années. Je préfère qu'on soit amis. Ce que nous avons fait, c'est mal.

Alexis et moi sommes amants depuis que j'ai seize ans et qu'elle en a trente. Elle m'a fait jurer de ne le dire à personne, prétextant que les gens ne comprendraient pas. Je savais qu'elle pouvait avoir des ennuis en couchant avec un mineur. Je n'avais aucun problème à mentir à tout le monde, tant que je continuais à recevoir son attention.

J'ai vingt-quatre ans aujourd'hui, et je ne suis pas dupe. Si je garde notre liaison secrète, ce n'est pas du tout pour protéger Alexis d'éventuelles poursuites pénales. Je ne veux pas que les gens sachent pour nous parce que j'ai honte. Mais cette histoire dure depuis si longtemps que je ne sais pas comment y mettre un terme. Le peu de fois où j'ai essayé, elle a piqué une crise. Comme maintenant.

— *Zach*, tu as la tête ailleurs ! Qu'est-ce qui ne va pas ? Arrête de résister, dit-elle en tentant à nouveau de déboutonner ma chemise et je la laisse faire. Tu te sentiras bien mieux après une douche. Et ensuite, qui sait ?

Elle lève les yeux et me sourit d'un air aguicheur.

Je plaque les mains sur les siennes et les immobilise contre mon torse, la forçant à s'arrêter.

— Je vais prendre une douche, puis je m'en vais. Rien de plus, Alexis. Ça ne m'intéresse pas.

Elle recule.

— Bien sûr.

Elle marche jusqu'à son verre de vin et en boit une gorgée.

— Prends ton temps, dit-elle. Je veux que tu sois heureux et à l'aise chez moi.

Je secoue la tête.

— C'est une suite d'hôtel, ce n'est pas chez toi.

Elle chasse mon commentaire de la main et s'installe sur la méridienne.

— Ça revient au même. Bon, dépêche-toi. Ta douche t'attend.

J'entre dans la salle de bain et ferme la porte, me déshabille aussi vite que possible. Une douche me ferait du bien, mais je préférerais la prendre chez moi. Alexis devient méchante quand je ne fais pas ce qu'elle veut. Autant l'apaiser et prendre cette foutue douche plutôt que de l'entendre pester.

Mais je ne me la taperai pas. Je ne suis pas d'humeur. Je ne me souviens pas de la dernière fois où j'ai eu envie. Ça ne veut pas dire que je ne l'ai pas fait, cependant. Je suis autant coupable qu'elle dans cette histoire.

Je tourne le robinet de la douche et ne m'embête pas avec la vapeur. Je vais entrer et sortir, sans chichis. Juste assez longtemps pour qu'elle ait l'impression de prendre soin de moi, et me lâche les baskets.

Je me lave les cheveux et le corps avec le shampoing fourni par l'hôtel, fermant les yeux pour éviter la mousse, et je sens un appel d'air, comme si on ouvrait la porte de la salle de bains.

Merde. J'aurais dû verrouiller. Alexis se croit tout permis.

Toutefois, je ne dis rien. Elle est peut-être entrée simplement pour prendre un truc, mais j'en doute fort.

Le chuintement de l'ouverture de la porte en verre me dit que j'ai raison.

Alexis se tient devant moi, les bras croisés, et me reluque.

— Mmmh, c'est alléchant. Tu es allé à la salle de sport ?

Je rince le shampoing et ferme l'eau.

— Tu sais que je vais à la salle. Tu veux bien me passer une serviette ?

Elle me bloque la sortie et commence vraiment à me gonfler.

Alexis mate ma hampe, qui est molle. Pas de sursaut. Rien. Et je vois à son expression qu'elle aimerait bien y remédier.

— La serviette, Alexis.

Elle lève les yeux au ciel et me la tend, s'écartant juste assez pour que je puisse passer devant elle tout en la frôlant.

Je m'habille rapidement, ignorant sa présence.

— Merci pour la douche. Je ferais mieux d'y aller.

Elle me suit dans la chambre.

— C'est tout ? Tu ne vas vraiment pas rester ? Zach, tu sais que je peux m'occuper de toi et t'aider à te détendre.

Elle sourit et mate mon entrejambe.

Je ne veux plus de cette liaison. Et ça n'a jamais été aussi flagrant que ce soir, où Nessa m'a vu avec Alexis. Je me sens terriblement sale malgré la douche. Mais je dois rompre avec Alexis ailleurs, dans un endroit où nous sommes sur un pied d'égalité. Pas dans cette foutue suite qui me donne l'impression d'être minable et sale, et qui me rappelle toutes les fois où nous avons couché ensemble.

— Pas ce soir.

———

Qui je vois en sortant de l'ascenseur après avoir quitté la chambre d'Alexis ? Nessa qui s'approche d'un type avec la casquette des Chargers de Los Angeles et des tongs. Elle porte un jean serré noir qui moule ses formes parfaites, et un t-shirt à manches longues, avec un sweat-shirt coincé sous le bras. C'est la fin du printemps, le début de l'été et il fait chaud dans la journée, mais les nuits sont encore fraîches.

— T'es prête ? j'entends le mec lui demander quand j'approche.

Nessa lève les yeux et nos regards se croisent. Au début, elle semble surprise, puis je vois déglutir sa gorge délicate, et ses yeux se perdent au loin pendant une seconde. Elle me regarde à nouveau et me fait un sourire crispé.

Mes tripes se nouent. Pendant un instant, je me demande si elle sait d'où je viens. Ou plus important, avec qui j'étais. Personne n'est au courant pour Alexis et moi, pas même mes meilleurs potes. Mais Nessa a vu Alexis me remettre une carte magnétique, circonstance accablante…

La panique me comprime la poitrine. Putain, je ne veux absolument pas que mes amis sachent la vérité, surtout pas Nessa.

Alors que je scrute son joli minois pour deviner ce qu'elle soupçonne ou ignore, je remarque à nouveau le type qui se tient à côté d'elle. Réprimant l'envie d'attraper Nessa et de la tirer vers moi, je lance :

— Quoi de neuf ?

Elle me présente son pote, dont je ne retiens pas le nom. Je suis trop occupé à étudier le scintillement subtil de ses yeux marron, le pincement de ses lèvres. Elle ne veut pas me regarder.

— Sal et moi, on allait au Farley.

Sa voix est détachée, froide. Ça ne lui ressemble pas du tout.

Même si elle suspecte quelque chose avec Alexis, pourquoi cette froideur ? Nessa sait que je fréquente des femmes. Et qui est ce type, enfin ? Elle ne sort pas avec lui, si ? On s'éclate à traîner en bande avec Nessa et mes potes. Pourquoi a-t-elle besoin de ce type ?

— Attendez-moi, dis-je. Je vous accompagne.

Son copain semble d'accord pour que je m'invite, ou alors il cache bien son jeu. Mais les yeux de Nessa se rétrécissent et me regardent enfin. J'ignore l'étincelle de colère que j'y vois. Elle est plus énervée que le mec à qui j'ai cassé son coup, et honnêtement, je m'en branle. Nessa est haute comme trois pommes et je ne connais pas ce mec. Pas question que je la laisse partir avec lui.

Je la tire sur le côté avant qu'elle ait le temps de refuser.

— Je ne pense pas que tu devrais partir avec lui.

— Sal est inoffensif.

— Aucun mec n'est inoffensif.

— Certains si. Toi, par exemple.

— Non, même pas moi.

Elle tique. Je n'avais pas prévu de dire ça, mais c'est vrai. Vu le bordel dans ma vie, je n'ai jamais été un mec sûr pour Nessa. C'est pourquoi je fais en sorte que nous soyons amis et rien de plus.

Elle chasse mes paroles d'un revers de la main.

— Très bien. Peu importe. Allons-y.

On traverse la foule sur l'avenue principale et on se dirige vers le Farley. Le bar est blindé quand on entre, mais la bande que Nessa et Sal doivent retrouver nous fait rapidement signe et nous paie une tournée de shots. Je profite de ce moment pour faire retomber la tension née de ma prise de tête avec Alexis. Je dois absolument faire quelque chose à son sujet. Mettre un terme définitif à cette histoire.

Je paie la tournée suivante, et on fait la queue pour faire une partie de cornhole en salle, ou jeu de poches.

Sal (je me fais reprendre quand je me trompe de prénom) nous tend à Nessa et moi quatre petits sacs de sable.

— Commence Ness. Voyons ce que t'as dans le ventre.

Sa familiarité avec elle m'agace. Qui est ce type, putain ? Il ressemble à un traîne-savate typique de Tahoe. Pourquoi s'intéresse-t-elle à lui ?

Nessa pose son verre sur la table à côté de nous et se met en position de lancer, en visant la cible : le trou illuminé par un néon vert. Le reste du plateau est décoré de guirlandes de Noël poussiéreuses.

Elle lance le sac de sable en l'air et il retombe trop court, à cheval sur le bord de la planche.

— Un peu bas, Moustique, dis-je, un sourire dans la voix.

Les épaules de Nessa se raidissent et elle me jette un regard noir.

J'arque un sourcil.

— Ma présence t'irrite-t-elle ?

Elle regarde à nouveau droit devant.

Hum, un brin susceptible ce soir.

Je m'avance pour tirer. Nessa est dans l'équipe de Sal. Parce qu'elle est avec lui, sans doute. Pas *avec lui*-avec lui, mais bon, elle est venue ici avec lui. Et moi ; elle est venue avec moi aussi. Bon d'accord, je me suis invité.

Mince, j'espère qu'elle ne songe pas à sortir avec ce mec. Je me suis habitué à ne pas m'inquiéter pour Nessa. M'inquiéter comme un frère le ferait, je veux dire. Et si j'ai une forte attirance pour la douce et magnifique petite brune qui traîne avec moi et mes potes, c'est mon secret.

J'ai intérêt à toucher la planche au moins après avoir critiqué le lancer de Nessa. J'envoie le sac de sable dans les airs et il atterrit au bord du trou.

Nos coéquipiers jouent chacun leur tour et à la fin de la manche, nous sommes à égalité.

C'est au tour de Nessa, et cette fois, elle rentre le sac dans le trou, ses petites hanches galbées entamant une danse de la victoire. Elle se tourne, tout sourire.

— Désolée, je ne vous ai pas dit que j'étais lanceuse au lycée.

Son coéquipier s'approche pour la féliciter et elle lui tape dans la main.

Merde, qu'est-ce qui lui arrive ce soir ?

— J'ignorais que tu jouais au softball, dis-je quand elle revient à côté de moi. Depuis combien de temps ?

— Six ans. J'y jouais au collège aussi.

— Hum. Intéressant.

— N'est-ce pas ?

— Quels sont tes autres talents cachés ?

Son teint hâlé vire au rose.

— Rien que tu ne sauras jamais.

— Aïe, ça pique, dis-je.

Mais mon esprit mal placé s'égare immédiatement. Vers des images auxquelles j'essaie de ne pas penser quand il s'agit de cette fille. Ce n'est pas facile, parce que le simple fait de la regarder me fait penser à… des choses… des choses torrides, moites et nues. Avec mon truc dans son machin, ma bouche sur… *Stop* !

Il est temps de changer de sujet.

— Qu'est-ce qui se passe, Ness ? Tu sembles énervée ce soir.

Elle détourne le regard et répond en regardant devant elle.

— Pourquoi tu sortais d'un ascenseur de l'hôtel tout à l'heure, Zach ?

Ce qui n'est pas vraiment une réponse, mais une question.

Mes poumons me brûlent, et je sens mon visage s'enflammer, non pas de gêne, mais de colère. Contre moi-même, pour avoir continué cette liaison que j'aurais dû arrêter il y a des années.

— Est-ce important ?

Elle me regarde droit dans les yeux.

— Oui.

La douleur et le chagrin traversent ses yeux, comme si elle savait ce que je ne dis pas, ce que j'ai caché à tout le monde. Ça me surprend et me fait perdre mes moyens.

Elle ne *peut pas* savoir.

— À moi de jouer.

J'esquive sa question, car je ne veux pas lui dire la vérité ni lui mentir.

Je prépare mon lancer. Les autres gars discutent en buvant leur bière. Ils ne semblent pas se soucier de cet arrêt de jeu intempestif pour discuter d'un sujet que je compte bien éluder.

— Qui est cette femme, Zach ? insiste Nessa. Pourquoi elle vient tous les mois ? Pourquoi tu pars avec elle ?

La voix de Nessa est douce, peinée.

Je déglutis. *Merde.* Je ne me cache pas du tout. Et pourquoi ça contrarie Nessa ?

C'est une chose d'être mécontent de mon arrangement avec Alexis. C'en est une autre de voir Nessa en souffrir.

— Elle n'est rien pour moi, Moustique.

— Arrête de m'appeler comme ça !

Les discussions s'arrêtent en face de nous. Les mecs fixent Nessa. Moi aussi, je regarde le gonflement de sa poitrine, les flammes dans ses yeux. *Waouh.* Je n'ai jamais vu Nessa dans cet état.

Je lui prends les sacs de sable des mains et les pose sur la table, puis je l'entraîne sur le côté.

— Qu'est-ce qu'il y a ?

Elle détourne le regard.

— Je déteste ce surnom.

— Pigé. Plus de Mous—

Elle me foudroie du regard.

— Je n'utiliserai plus ce surnom. Mais je ne vois pas où est le problème.

— Le problème, c'est que tu me traites comme une gamine. Je suis une adulte ; j'ai seulement dix-huit mois de moins que toi. On est amis, mais ce n'est pas la peine de me faire comprendre lourdement que tu ne me vois pas comme une femme.

De quoi parle-t-elle ?

— Je sais que t'es une femme.

Oh, je le sais. J'essaie de l'oublier tous les jours.

Nessa mérite un mec mieux que moi. Et mieux que les gars avec qui elle traîne ce soir.

Elle coince ses longs cheveux noirs derrière son oreille et son parfum de fleurs et d'orange flotte vers moi, affolant mes sens.

— Je sais qu'il se passe un truc entre toi et elle. Et il y a un truc qui cloche… mais j'en ai marre d'essayer de te comprendre.

Mon cœur tambourine. Le dernier shot altère ma capacité de raisonnement.

Je n'arrive pas à cacher ce truc aux gens. Ou alors peut-être que Nessa est la seule personne assez perspicace pour l'avoir deviné.

J'ai honte, mais le fait que Nessa ait deviné la vérité change la donne. Je ne peux plus continuer ; je ne supporte pas l'idée que ma relation sordide avec Alexis fasse de la peine à Nessa. J'allais y mettre un terme de toute façon, mais je veux que ça se termine tout de suite. J'aurais préféré le dire à Alexis avant de quitter la chambre d'hôtel au lieu d'attendre de lui parler ailleurs.

Sal s'approche. Son regard passe de moi à Nessa avec un air inquiet avant de lui sourire.

— Hé, pourquoi on ne ferait pas une pause ? Je t'offre un autre verre ? Et toi, Zach ?

— Ouais, merci.

Je laisse échapper un soupir et me rapproche de Nessa.

Je ne m'inquiète pas pour elle par rapport à ces types. Ils semblent réglos et ils n'ont pas fait d'effort pour attirer son attention. C'est pourquoi je ne ressens pas l'obligation de les surveiller. Je la sens s'éloigner de moi et ça me donne envie d'arracher les panneaux en bois contreplaqué du mur du bar.

Je ne la mérite pas, mais l'idée de la perdre me rend fou.

— Et voilà.

Sal revient et tend à Nessa ce qui ressemble à un *screw-driver*, une vodka orange. Il me passe une pinte de bière.

— Les copains et moi, on se disait que ça manque vraiment de variété culinaire par ici. T'en penses quoi, Ness ? Tu connais un bon restaurant philippin dans le coin ?

Il essaie de détendre l'atmosphère, et je ne lui en veux pas. La tension est si épaisse qu'elle en est étouffante.

Nessa a l'air ailleurs pendant un instant, puis elle dit :

— Bien sûr, il y en a plusieurs.

Elle énumère les noms de restaurants en ville que je connais, mais où je ne suis jamais allé.

Aurais-je dû faire plus attention ? Nessa est métisse, comme moi. Mais au lieu d'appartenir à la tribu Washoe comme mes potes et moi, elle a un père philippin et une mère anglaise. Je ne lui ai jamais demandé comment ses parents s'étaient rencontrés ou pourquoi ils se sont installés à San Francisco. Je n'ai jamais voulu parler de sujets trop personnels. Il aurait été trop facile de franchir la frontière avec elle, de passer de l'amitié à quelque chose de plus.

Je désire Nessa dès que je l'ai rencontrée, mais c'est une fille bien. Et je ne suis pas un mec facile.

— Donc tes parents t'ont éduquée à la philippine ? demande Sal.

L'héritage de Nessa n'est pas facile à deviner. Sa peau est claire avec des nuances d'olive, ses cheveux noirs, mais son visage est en forme de cœur, comme un elfe, et il est difficile de déterminer sa nationalité. Si Sal sait qu'elle est en partie philippine, il doit bien la connaître. Et ça me fait chier. Je *devrais* peut-être m'inquiéter de ce mec.

Nessa lui fait un petit sourire et secoue la tête.

— Je mange dans les restos philippins comme tout le monde. Ma mère faisait la cuisine. Quand elle voulait faire de la cuisine typique, j'avais de la saucisse purée et des œufs au plat en toast à la maison. La *Marmite* était un incontournable de notre frigo.

Sal fronce les sourcils quand Nessa lui explique ce qu'est la Marmite. La seule raison pour laquelle je connais cette pâte à tartiner salée à base de levure est que je suis allé chez Nessa un nombre incalculable de fois. Et évidemment, j'ai fouillé dans son frigo pour trouver à bouffer. Ce n'est pas sans raison que je fais souvent la cuisine. J'ai un métabolisme rapide. J'ai presque tout le temps faim, et le frigo de Nessa n'échappe pas à mon pillage.

Nous faisons encore quelques manches, et la tension entre Nessa et moi s'apaise. Elle tape dans la main de Sal après avoir lancé son dernier sac de sable et se dirige vers moi, sans sourire, mais sans faire la gueule non plus. Elle s'arrête pour prendre une gorgée de cocktail.

— Prête à partir ?

Elle aspire sa lèvre inférieure comme pour la mordiller de l'intérieur.

— Vas-y. Je ne voudrais pas te retarder si on t'attend quelque part.

Je n'aime pas son insinuation ni le fait qu'elle pense que je vais partir sans elle.

— Je vais te ramener chez toi.

Elle me foudroie du regard.

— Pas la peine. Je peux me débrouiller toute seule.

— Évidemment. Je pensais juste que t'étais prête à partir.

J'espérais est plus juste.

Elle semble hésiter, regarde ses amis. Ils ont distribué les sacs de sable et se préparent à jouer une nouvelle partie.

— Je crois que je suis fatiguée. J'ai eu une grosse journée.

— Ben oui.

Je ramasse son sweat-shirt. Elle fronce les sourcils et il y a une chance que je la pousse vers la sortie, mais elle attrape son sac à main et se dirige vers les gars.

Sal la prend dans ses bras et je grince des dents. Il a l'air d'un mec bien. Mais je ne suis pas habitué à voir des quasi-inconnus toucher Nessa. Je ne veux pas que *quiconque* lui fasse du mal, y compris moi. Et pour être honnête, l'idée qu'un type la touche me donne envie de balancer mon poing dans un mur.

Nous retournons en silence au Blue Casino, passons devant les portes en verre coulissantes et contournons le flanc du bâtiment vers le parking où se garent les employés. Je guide Nessa vers mon 4x4 gris et elle s'arrête net.

— Ma voiture est quelques allées plus loin. On devrait se séparer ici. Merci de m'avoir raccompagnée. On se voit demain ?

Je secoue la tête.

— Oh là, tu ne conduis pas jusqu'à chez toi.

— Tu délires ?

— Nessa, t'es épaisse comme un sandwich SNCF, et je t'ai vue boire au moins trois verres. Je conduis. Je te ramènerai à ta voiture demain matin.

— T'as bu autant que moi.

— Mais je pèse deux fois plus lourd. Après deux heures au Farley, je suis sobre comme un chameau.

Elle détourne le regard comme si elle réfléchissait. Elle ne peut pas contester cette logique.

— Très bien, mais je demanderai à ma colocataire de me ramener demain matin. Pas besoin de venir me chercher.

Peu importe. Tant qu'elle rentre à la maison avec moi… enfin, chez elle… là où je la dépose… Il faut vraiment que j'arrête d'imaginer ces scènes torrides entre Nessa et moi. Ça m'embrouille la tête.

Peut-on se faire hypnotiser contre ça ? Comme on le

fait pour arrêter de fumer ? Je paierai le prix demandé si quelqu'un peut diminuer mon attirance physique pour cette fille.

Je pourrais rester loin de Nessa, mais c'est impossible. C'est une forme de torture à laquelle je ne suis pas assez fort pour résister. Je préfère la souffrance psychologique à la privation totale.

J'ouvre la portière côté passager de mon 4x4 et elle grimpe dedans. Je m'installe derrière le volant et j'essaie de ne pas remarquer à quel point elle est belle dans mon camion. Comme si elle était à sa place.

— Alors, qu'est-ce que ta colocataire fait ce soir ?

Nessa pose son sac à main à ses pieds et boucle sa ceinture.

— Elle est sûrement sortie avec son nouveau copain. Je ne la vois pas beaucoup. Elle dort chez lui la plupart du temps.

— Alors t'es seule ce soir ?

Ce genre de pensées n'aide pas. Maintenant, je m'imagine seul avec Nessa chez elle.

— Je suppose. Pourquoi, c'est important ?

— Non. Je demandais juste par simple curiosité.

Je sens son regard sur moi alors que je sors du parking et me dirige vers la route principale.

— Alors, qui est-elle ? demande-t-elle.

Pas encore cette question.

— Qui ?

— Cette femme qui vient toujours te voir ?

Je serre le volant.

— Je te l'ai dit. Personne d'important.

— Elle a l'air importante pour toi.

Je jette un coup d'œil. Nessa s'appuie contre la porte, son corps aussi loin de moi que possible, mais son expression est déterminée.

— Non. Elle n'est personne.

— Je n'y crois pas, Zach. Tu la vois tous les mois au casino. Et ce ne sont que les fois où je vous ai vus ensemble. C'est ta copine ?

— Absolument pas.

— Alors c'est qui ? Une maîtresse régulière ?

Je ne réponds pas. Parce que c'est probablement une bonne description. Mais elle est erronée. Ce qu'Alexis et moi avons est bien plus pervers qu'une simple liaison.

— C'est tout ce que les femmes sont pour toi ? dit-elle en regardant par la vitre. Je pensais que tu étais différent.

Sa voix chevrote.

J'ai de nouveau l'impression de la perdre.

— Il n'y a rien entre elle et moi, Nessa. Plus maintenant.

Pas après ce soir, en tout cas.

Elle se tourne vers moi.

— Qu'est-ce que ça veut dire ?

— Je la voyais, mais c'est fini. On peut changer de sujet ?

Je me penche et allume la radio. Une publicité retentit dans les haut-parleurs, et j'appuie sur les boutons pour changer de station.

— Pourquoi ?

Je trifouille la radio, j'essaie de trouver quelque chose pour faire diversion.

— Pourquoi quoi ?

— Pourquoi tu fais ça ?

Frustré, j'éteins la radio et je tourne au feu vert dans la rue de Nessa.

— Tu peux être plus précise ?

Je louvoie, j'évite. Je ne veux vraiment pas avoir cette conversation. J'aurais sans doute dû lui appeler un taxi. Nous deux, seuls, ça n'est pas une bonne idée.

— Ériger des murs. Tu le fais avec elle aussi ?

Je la foudroie d'un œil noir.

— Il n'y a rien de comparable entre ma relation avec elle et celle que j'ai avec toi.

Nessa écarquille les yeux.

— Certes, car nous, on est seulement amis.

Nous sommes plus que ça. Ou nous pourrions l'être si je manquais de prudence – de volonté. Ce qui ne *doit pas* arriver.

J'ai ressenti le désir de Nessa d'être plus proche. J'ai le même désir, mais je ne comprends pas pourquoi elle ne le voit pas. Les conneries que j'ai faites, qui je suis, je ne suis pas digne d'elle.

— On est amis, Nessa. De très bons amis. Ce qui est bien plus que ce que j'ai avec n'importe quelle femme.

— T'es l'ami de Mira, dit-elle imperturbable.

Mira est une autre Washoe que j'ai connue la moitié de ma vie, et oui, nous sommes proches. Mais ce n'est pas pareil.

— Mira est comme ma sœur. T'es… différente.

— Différente. Genre pas assez bien pour être plus. Pas assez bien pour faire partie de la famille. Pas assez bien, quoi. J'ai compris, Zach.

— Ce n'est pas ce que je voulais dire.

Je m'arrête devant l'immeuble de Nessa, et avant que j'aie le temps de couper le moteur, elle saute hors de la voiture.

— Merci de m'avoir ramenée.

Elle claque la portière et court ; elle court, *littéralement*, à travers le parking jusqu'à son appartement au premier étage. C'est un immeuble de deux étages avec huit loge-ments. C'est petit, mais proche du centre-ville et du travail. J'attends qu'elle entre avant de renverser ma tête contre l'appui-tête.

Nessa a mis des barrières entre nous ce soir pour la première fois depuis que je la connais. C'est une fille joyeuse, et la voir contrariée me laisse une douleur sourde dans la poitrine. Il faut qu'elle sache qu'il n'y aura jamais rien entre nous, pas après avoir compris ce qui se passe entre Alexis et moi. J'ai l'impression de la perdre.

Bien que je ne l'aie jamais eue pour commencer.

Et c'est sans doute mieux comme ça.

Chapitre Trois

NESSA

Je n'ai pas du tout envie d'aller chez Zach ce soir, mais tout le monde m'y attend pour la soirée tacos. J'ai essayé de me décommander par téléphone auprès de Mira, mais elle a chouiné qu'elle a fait des cookies et que je dois absolument goûter sa cuisine. J'ai cédé. Ça n'a pas été facile pour Mira de s'ouvrir aux autres, et elle a fait d'énormes efforts. Je n'ai pas eu le cœur de dire non et de la planter.

Je n'arrive toujours pas à croire que Zach se soit invité à boire un verre avec Sal et moi hier soir. Savoir qu'il venait de quitter la chambre d'hôtel de Blondie, fraîchement douché, ça ne suffisait pas ? Maintenant il se mêle de ma vie sociale limitée ? J'avais besoin de ce verre avec Sal, j'avais besoin de ne pas penser à Zach, de ne pas me rappeler à quel point il me frustre.

Je ne peux plus le supporter. Je ne suis pas sûre qu'on puisse rester amis. C'est en train de me tuer.

Je zyeute la bouteille géante de tequila Cuervo que j'ai achetée avec l'argent des pourboires d'hier soir, et la caresse comme un bébé. Elle va me sauver ce soir. Je mets mes sandales à lanière compensées avec mon jean slim à revers. Je ne quitte jamais la maison sans talons. Même mes baskets ont une plateforme. Certains diraient que j'ai un problème de verticalité. Mais du haut de mon mètre cinquante-deux, je suis tonique et je déchire. Du moins, c'est ce que je me dis.

Je rentre mon t-shirt ample à col en V dans mon jean et j'enfile une veste en cuir. Mes doigts effleurent une tablette de chewing-gum dans la poche latérale, j'enlève le papier et le mets dans ma bouche. Je soulève le gros bébé Cuervo et je balaie la pièce du regard pour voir si j'ai oublié quelque chose avant de mettre mon sac à main en bandoulière et de sortir.

Quelques minutes plus tard, je me gare devant le chalet de Zach. Seulement il n'y a que son 4x4 dans l'allée.

Où sont les autres ? Je suis arrivée en retard exprès pour éviter cette situation. Je ne veux pas être la première.

J'inspire à fond et j'attrape bébé Cuervo, que j'ai attaché sur le siège avant pour qu'il ne lui arrive rien. Je me fiche d'être trop vieille pour puiser du courage dans l'alcool. J'en ai besoin ce soir. Les choses ne peuvent pas continuer ainsi. Ça me détruit. Passer cette nuit sans pleurer est le premier objectif que je me fixe.

Merde, je devrais peut-être quitter la ville. *Pourquoi* suis-je encore là ? J'étais censée passer un été sympa à Tahoe après l'université, avant de me bouger et de trouver un vrai travail. Pourtant, je suis encore là pour la deuxième année consécutive. Ce n'est pas à cause de *lui*. Enfin, peut-être un peu. Mais j'aime aussi le lac Tahoe. Je m'y sens chez moi, mais je dois trouver un moyen d'avoir une vie en dehors de Zach et ses potes. J'ai essayé hier soir, sauf que Zach a choisi ce moment pour s'intéresser à moi comme ça ne lui était jamais arrivé.

Les mecs. Une énigme.

Ou peut-être que c'est seulement Zach. Il n'est pas logique. Un coup il me regarde comme si ses yeux pouvaient faire fondre mes vêtements, et la minute d'après, il se barre avec une autre.

Très bien, va pour puiser du courage dans l'alcool. Ça veut dire que je vais devoir rentrer chez moi en Uber. Même si je déteste l'admettre, Zach avait raison. Je n'aurais pas dû envisager de conduire après avoir bu quelques verres hier soir. Avec mon manque de verticalité, l'alcool tape fort chez moi. Mais si Zach ne m'avait pas contrariée, j'aurais réalisé que j'avais trop bu. Donc finalement, c'est entièrement sa faute.

Voilà, je me sens mieux maintenant.

J'attrape mon sac à main hobo, je prends bébé Cuervo dans les bras et je remonte le chemin pierreux jusqu'au petit chalet de Zach. Le toit métallique s'incline vers la rue, avec un pignon d'entrée qui descend jusqu'en bas dans le pur style de Tahoe. Sa maison est mignonne, mais elle aurait besoin d'une touche féminine. La déco intérieure est très masculine : les meubles sont poussés contre les murs, les tableaux sont accrochés trop haut. Pourtant, j'admire Zach. Pour autant que je sache, il est propriétaire de son chalet, ce qui est plutôt cool pour un gars de vingt ans et des poussières. C'est un gros bosseur, et il sait comment investir son argent…

Bon, je dois arrêter de penser qu'il est génial, ça n'aide pas.

J'inspire l'air frais du soir pour me donner du courage et je frappe sur le bois vieilli de la porte en affichant un faux sourire.

Qui disparaît immédiatement.

Car la porte s'ouvre et Zach est devant moi, torse nu,

des gouttes d'eau sur ses épaules larges et musclées, son estomac bardé d'une tablette de chocolat.

Ah, merde.

— Mousti… euh pardon. Quoi de neuf, Ness ? Entre.

Il frictionne ses cheveux noirs et courts avec une serviette, puis la drape sur son épaule. Un sourire lui retrousse les lèvres.

— Belle bouteille que tu as là.

J'entre, le corps en alerte maximum. Je pose Cuervo sur le comptoir.

— J'ai pensé qu'on pourrait en avoir besoin, dis-je distraitement. Tu viens de sortir de la douche ?

De toute évidence.

Je rougis. J'ai vu Zach en maillot de bain des millions de fois, mais la peau mouillée qui sent le savon fait fondre mes neurones.

— Ouais, pardon. Je vais mettre un t-shirt.

Il traverse le couloir à grands pas, avec une démarche de mec, et je halète en quête d'oxygène pour remettre mon cerveau en état de fonctionnement. C'est vraiment n'importe quoi.

— Où sont les autres ? je m'écrie.

— Ah, ouais. À ce propos, dit-il en revenant en enfilant un t-shirt élimé qui épouse ses larges épaules et ses biceps. Ils ne viennent pas.

Il est pieds nus et ses pieds… Y a-t-il une zone de son corps qui ne soit pas masculine et belle ? Attendez…

— Comment ça, ils ne viennent pas ?

On se retrouve tous les mercredis soir. C'est presque un rituel. Je suis quasi sûre qu'ils n'ont jamais annulé avant. Qu'il neige ou qu'il y ait une épidémie de gueule de bois, cette soirée est une tradition pour Zach et ses potes. Et jusqu'à récemment, cela concernait seulement Zach,

Lewis, et Mira. Puis j'ai été incluse. Et la nouvelle petite amie de Lewis est arrivée. Maintenant, la soirée tacos s'est élargie aux amoureuses, aux amoureux et aux amis des amis. C'est une vraie fiesta désormais.

Zach s'accroupit et sort une casserole de sous la cuisinière, son jean tombant sur les hanches moule ses fesses musclées.

Je lève les yeux au plafond, prie pour une intervention divine. Il ne peut pas être sérieux en disant qu'il n'y a que nous deux ce soir. Je n'y survivrai pas.

Il se lève et me contourne pour s'approcher du comptoir contre lequel je suis appuyée. Son odeur de propre m'étourdit, ses lèvres pleines sont à quelques centimètres… c'est tout bonnement cruel.

Je l'esquive et traverse la cuisine pour rejoindre Cuervo.

Zach mélange le poulet qui mijote dans la sauce et tapote la spatule contre le bord de la casserole.

— Eh bien, Gen ne se sent pas bien, alors Lewis reste avec elle. Et Mira a été réquisitionnée pour bosser ce soir.

C'est logique. Mira est en pleine ascension au Blue Casino. Elle est l'assistante de la directrice des RH et elle cartonne. Mais être une collaboratrice en vue a ses inconvénients. Elle doit intervenir, souvent en catastrophe, quand il y a des problèmes de personnel ou que la foule est plus nombreuse que prévu à un concert au Blue.

— Et Tyler ?

Le petit ami de Mira est professeur à l'université publique. Il n'a aucune raison de se défiler.

Zach se gratte la tête puis pose ses mains sur les hanches.

— Ouais, non. Tyler s'est excusé aussi. Il a des révisions de dernière minute à faire pour son éditeur.

Merde. J'avais oublié ça. En plus d'enseigner en fac, Tyler va bientôt publier un bouquin. Il a écrit un livre de vulgarisation scientifique qui a suscité l'enthousiasme de ses pairs.

Suis-je la seule à ne pas avoir fait grand-chose de sa vie ? Rectificatif : je suis heureuse. C'est important, non ? Enfin, plutôt heureuse.

Mais pas tant que ça en ce moment. Seule. Avec Zach.

— Et Cali et Jaeger ?

Est-ce le désespoir qui pointe dans ma voix ?

— Cali a choppé le même virus que Gen. Jaeger joue les infirmiers. J'ai dit à Jaeger et Lewis qu'ils se comportaient comme des gonzesses, mais ils n'ont rien voulu entendre, dit-il en se penchant sur le comptoir, le regard fixe. C'est juste toi et moi, Ness. Tu penses pouvoir le supporter ?

Il y a de l'humour dans sa voix qui contraste étrangement avec la méfiance dans son regard, comme si lui non plus n'était pas très heureux des circonstances.

— Tu aurais pu annuler, tu sais.

Zach se tourne vers la cuisinière.

— Ça fait deux heures que je cuisine. Je n'allais pas laisser la bouffe se perdre. Et puis, on n'a pas besoin de nos potes pour se voir, non ?

Il la regarde par-dessus son épaule avec un sourire doux.

— Non, bien sûr.

Je vais avoir besoin d'une margarita.

— C'est sympa de passer du temps ensemble.

Où est ce fichu blender ?

Je suis sortie avec de beaux mecs à l'université, mais pour une raison qui m'échappe, Zach est différent. C'est mon ami, un gars affable, toujours prêt à sortir, et tellement, tellement sexy. Je ne sais pas ce que c'est, mais c'est là, une attirance magnétique – du moins en ce qui me concerne.

J'ouvre le frigo pour trouver le mélange à margarita que je sais être là, parce que je m'assure qu'il en a en stock pour ces soirées, et je le verse dans le blender.

— Tu veux un verre ?

— Avec plaisir. Seulement, comme on n'est que tous les deux, dit-il en se dirigeant vers un petit placard au-dessus de la cuisinière, utilisons la bonne came.

Il sourit, une lueur espiègle dans le regard.

Dieu me préserve de ce sourire.

— Tapatio Blanco 110 ? C'est quoi ?

— Cadeau d'anniversaire de mon père.

Il dévisse le bouchon et verse une dose généreuse dans le blender. Il s'arrête, évalue le liquide à vue de nez, et en verse encore un peu.

— Ton père t'offre toujours du haut de gamme pour ton anniversaire ?

Je n'ai jamais entendu parler de cette marque de tequila, mais la bouteille est sympa.

— Mon père m'a appris à jouer au poker avec de l'argent quand j'avais cinq ans, dit-il en rangeant la tequila dans le placard. C'est pas un père comme les autres. Tu sais comment il gagne sa vie, non ?

— Pas vraiment. Je l'ai vu au casino, mais tu ne nous as jamais présentés.

Zach renâcle.

— Ouais, eh bien crois-moi, je préfère te garder hors de son radar.

J'attrape le bac à glace dans le réfrigérateur jaune moutarde qui date de Mathusalem et ronronne comme une machine à vapeur, et je verse les glaçons dans le blender.

— Il ne doit pas être si méchant.

Zach croise les bras.

— Non, pas méchant, mais c'est un chaud lapin. Et les jolies jeunes femmes sont ses proies de prédilection. C'est aussi une baleine.

Je secoue la tête en souriant. Je travaille dans un casino, ma tenue de serveuse ne cache presque rien. J'ai l'habitude d'attirer l'attention des vieux, des jeunes, parfois même des femmes. Ça fait partie du boulot. Et je n'hésite pas à appeler la sécurité quand un client devient tactile.

Je fais tourner le blender jusqu'à ce que le mélange ait la consistance parfaite de la neige fondue pour mon cerveau embrouillé par Zach.

— C'est quoi une baleine ?

— Comment tu peux travailler au Blue et ne pas savoir ce qu'est une baleine ? s'étonne-t-il en remuant le riz. Une baleine est un joueur à très grosses mises. Ne t'y méprends pas. Mon père a de l'argent aujourd'hui, mais il a gagné et perdu des fortunes. Ce n'est que récemment qu'il a trouvé son rythme de croisière. J'en ai bavé dans l'enfance ; on était riches ou pauvres du jour au lendemain. Je détestais ce mode de vie. Voilà pourquoi je ne joue jamais.

Je lui tends un verre de margarita.

— Mais t'es croupier. Comment tu supportes ton travail ?

— Je n'*aime* pas ça, mais c'est un boulot bien rémunéré. J'ai fait une école de commerce, mais ça ne m'intéressait pas. Travailler au Blue paie les factures. J'ai même pu économiser et acheter le chalet, et je prévois d'en acquérir un autre.

— Une autre maison ? Pourquoi ?

— C'est un investissement rentable. Un chalet pour habiter, l'autre pour le louer.

Il prend une gorgée de margarita et arque un sourcil.

— Carrément bon.

Je louche sur le verre dans ma main et je goûte aussi.

— Nickel. Ton père connaît la bonne tequila.

Il roule les yeux.

— Un peu trop. Prête à manger ?

Il sort deux assiettes et m'indique la table.

La conversation coule de source durant le dîner. Je suis détendue et non plus nerveuse comme à mon arrivée. La facilité que j'ai avec Zach explique pourquoi nous sommes restés amis si longtemps, malgré mon attirance non réciproque pour lui. Je suis dégoûtée qu'il ne soit pas intéressé par autre chose que l'amitié, mais je ne voudrais pas perdre notre complicité. C'est une situation sans issue et frustrante.

Nous parlons pendant la plus grande partie du repas du père de Zach, personnage assez fascinant.

— Ils l'installent vraiment dans des suites luxueuses ?

Je pose ma fourchette dans l'assiette pour garder de la place dans mon estomac pour une autre margarita, que je me verse du blender à moitié vide posé sur la table.

— Ouaip.

Zach engloutit ce qui doit être son cinquième ou sixième taco.

— On lui met un chauffeur à disposition et tout le tintouin ?

J'ai vu de gros joueurs au casino. Ils ne plaisantent pas. Ils se déplacent en général accompagnés de leur cour.

— Nan. Il sillonne le pays dans sa Mercedes.

— Oh, c'est tout ?

Je ris, Zach aussi. Qui se balade en voiture de luxe pour gagner sa vie en jouant ?

— Je suis le fils indigne qui vit dans un taudis.

Il s'essuie la bouche avec une serviette, un sourire triste flotte sur ses lèvres.

— Il ne peut pas réellement penser ça de toi.

Zach empile les assiettes vides.

— Si, mais c'est pas grave.

— Attends, si, c'est grave. T'es intelligent, gentil, propriétaire de ta maison. Tu travailles dur…

Ma voix meurt quand je réalise ce que je fais. Ce que je dis. Si Zach ne sait pas déjà que je l'aime plus que par amitié, il doit s'en douter maintenant.

Il sourit.

— Mignonne.

Je me renfrogne.

— Ne m'appelle pas comme ça.

Je prends mon verre et avale une trop grande gorgée, ma tête picote en raison d'un léger gel du cerveau.

Quand je lève les yeux, Zach fronce les sourcils.

— Qu'est-ce qui ne va pas avec « mignonne » ?

— C'est un truc que tu dirais à une petite fille.

— Non, c'est un truc que je dirais à une fille qui est trop tentante pour son propre bien.

Il se lève brusquement et emporte les plats dans l'évier.

— Tu as fini ?

Il jette un coup d'œil vers moi, son froncement de sourcils a disparu.

Il me faut une minute pour enregistrer sa question, car je suis restée bloquée sur la phrase précédente. Je hoche la tête avec raideur.

Que voulait-il dire par « trop tentante pour mon propre bien » ? Il n'a jamais avoué être attiré par moi. Je louche sur ma margarita. Suis-je ivre ? C'est mon deuxième ou troisième verre ? J'ai la tête qui tourne… *Le troisième, c'est sûr.*

Je débarrasse la table et emballe les restes.

Zach met les derniers plats dans le lave-vaisselle et lance le programme.

— T'as apporté ton maillot de bain ?

Il a un jacuzzi dans son jardin, qui est de loin l'équipement le plus cher dans sa maison. Il est neuf, contrairement aux vieux meubles disséminés un peu partout.

Je secoue la tête. Il gratte la barbe naissante qui lui ombre la mâchoire.

— D'accord. Ben, j'ai un truc que tu peux mettre.

— Pas la peine. Je dois partir de toute façon.

— Pourquoi ? T'as un rencard ?

Il blague, mais le dit sans humour et j'ai l'impression qu'il ne serait pas heureux si j'en avais un. Ce qui est bizarre.

Quand je suis sortie en courant de son 4x4 hier, j'étais persuadée qu'il n'y aurait jamais rien entre nous. Pourquoi tout à coup serait-il contrarié si je sortais avec un mec ?

— Non, mais je vais appeler un taxi. Il se fait tard. Je voulais être raisonnable, mais je crois que j'ai encore trop bu.

D'accord, j'avais l'intention de m'anesthésier à coup d'alcool, mais plus on parlait, plus je me sentais bien. Je ne sais pas comment j'ai fait pour boire trop sans m'en rendre compte. Sans être bourrée, je ne suis pas assez sobre pour conduire.

— Une tequila à 55° fait cet effet. Désolé, j'aurais dû te prévenir. On va boire de l'eau et transpirer dans le jacuzzi. Je te ramènerais bien, mais je sens aussi les vapeurs d'alcool. Si on attend un peu, je pourrai conduire. Viens, dit-il en sortant de la cuisine. Je vais te trouver un truc à mettre.

J'entends la logique de son propos, mais je ne suis pas chaude pour le jacuzzi. En petite tenue, juste tous les deux ? Ce n'est pas une bonne idée. Pas avec mon dépit des derniers jours, et les choses qu'il a dites ce soir. Qui me sont montées à la tête et l'ont remplie d'un espoir stupide.

Malgré tout, je suis Zach dans sa chambre. Il fouille

dans un tiroir de la commode et en sort un maillot de rugby du lycée.

— Ça fera l'affaire. Tu peux te changer dans ma salle de bains.

J'entre dans la pièce et me déshabille. Coup de bol, j'ai de jolis sous-vêtements ce soir. Un ensemble en satin vert émeraude qui ressort sur ma peau cuivrée. Et il est bien trop sexy pour aller dans un jacuzzi avec Zach. Heureusement que le t-shirt sombre va cacher ce que je porte en dessous.

Après avoir enfilé le maillot imprégné de son odeur (*merde*), je pose mes fringues sur la lunette des toilettes et je ressors. Zach porte un short de bain dans lequel je l'ai déjà vu à la plage. Pendant un moment, son regard effleure mes jambes nues.

— Allons-y, dit-il puis il me lance une serviette, l'étincelle dans ses yeux ayant disparu.

Tant mieux, parce que s'il commence à me regarder comme ça, on est mal barrés.

Il se dirige dans le couloir vers le salon et la porte du jardin qui mène au jacuzzi. Nous avons tous parlé du jacuzzi de Zach un million de fois, et je suis sûre que les autres sont restés tard après une soirée tacos pour y faire trempette, mais ça ne m'est jamais arrivé.

Zach ne prend pas la peine d'allumer la terrasse. Dès que nous sommes dans l'eau chaude, il appuie sur des boutons et une lumière au fond du bassin s'allume, ainsi que les bulles. Je m'enfonce dans l'un des sièges baquets, et il me tend une bouteille d'eau. Mes épaules et tout mon corps se relaxent, ce qui me donne un frisson.

— C'était une bonne idée. Ça aurait été bête de rentrer tout de suite.

Il pouffe.

— Ce petit bijou a été ma seule folie quand j'ai acheté le chalet.

Il ne plaisante pas. Son mobilier est sûrement de deuxième (voire de troisième) main.

— J'aime bien ton canapé. Le velours bleu est plutôt confortable.

Un grand sourire s'étire sur son visage.

— Tu trouves aussi ? C'est ma grand-mère qui me l'a donné. Il est dans la famille depuis toujours.

Je secoue la tête.

— Elle avait bon goût… il y a cinquante ans.

Son sourire demeure et ses yeux scintillent dans la faible lumière.

— Tu sais, Ness, je ne serai pas offensé si tu veux enlever ce t-shirt étriqué et te baigner en soutien-gorge et en culotte. Je te promets de ne pas te sauter dessus. C'est pas comme si je ne t'avais jamais vue en bikini.

Pas faux. Mon bikini a la même surface de tissu que ma lingerie.

— Tu pourrais faire semblant de me trouver jolie. Les filles aiment bien se sentir belles parfois, même avec leurs amis mecs.

— Primo, tu sais que tu es belle. Deuzio, ce serait franchir la ligne.

Je laisse échapper un soupir. J'ai entendu l'adjectif *belle* qui me rend très heureuse, pendant environ une seconde. Jusqu'à ce qu'il ajoute qu'il ne franchirait jamais la ligne.

— Juste pour comprendre, en quoi serait-ce mal de franchir la ligne ?

Je m'aventure vraiment sur ce terrain ? Je le regretterai sans doute demain, mais pour le moment…

— Les amis sortent tout le temps ensemble, j'ajoute.

Zach remue sur son siège et dévisse le bouchon de son eau minérale.

— J'aime bien notre amitié. Je ne voudrais pas la gâcher.

— Parce que tu ne restes jamais avec une fille plus d'une nuit ?

Cette constante chez lui en fait un célibataire endurci et nous sépare. C'est une épée à double tranchant. D'un côté, il est célibataire et disponible. D'un autre, il ne s'engage jamais, ce qui est un point épineux. Je ne veux pas d'une histoire d'un soir avec Zach. Je veux plus.

Il se renfrogne.

— Quoi ? C'est vrai. Cite la dernière fille que tu as vue plus d'une fois…

— Ce serait…

— Avec qui tu n'as pas couché.

Sa bouche se ferme. Je l'ai bien eu sur ce coup-là.

Il se frotte le côté de la mâchoire, tic nerveux révélateur.

— Très bien. Je ne suis pas romantique.

— C'est comme ça que tu te qualifies ?

Haussement de son épaule large et massive.

— Je ne suis pas très porté sur les relations.

— Tu as de belles relations amicales, je lui fais remarquer.

— C'est différent.

J'ignore pourquoi j'insiste. Ça doit être la tequila à 55°, mais je n'arrive pas à me taire.

— Je parie qu'on pourrait faire durer notre relation.

Mon cœur bat la chamade à cet aveu.

Il me fixe comme s'il tentait de résoudre une énigme.

— Où tu veux en venir, Nessa ?

Je hausse les épaules comme lui.

— Je dis juste qu'on est amis et que si on voulait être plus, je parie que ça pourrait marcher.

Il reste silencieux un long moment, puis il déclare :

— Eh bien, on ne le saura jamais.

Mon visage s'échauffe. Je sais qu'il y a un truc entre nous, je l'ai toujours senti. Mais bizarrement, cette fois, je ne fais pas marche arrière.

— Dans ce cas, puisque notre relation est purement platonique, ma tenue ne devrait pas avoir d'importance.

J'attrape rageusement le bas du t-shirt et je le passe par la tête. Il atterrit avec un gros *splash* sur la terrasse en bois.

Zach se redresse dans son siège, les yeux ronds.

— Tu déconnes ?

— Ahhh, c'est beaucoup mieux. Tu l'as dit toi-même. Il n'y a aucun risque que tu me sautes dessus.

Il se trémousse, ses yeux s'aventurent sous mon menton pendant une fraction de seconde, remontent prestement vers mon visage.

Il s'appuie sur le bord du jacuzzi et ses lèvres se retroussent en un sourire.

— Bien sûr. D'ailleurs, je t'avais dit d'enlever le t-shirt.

Mon Dieu, ce type est exaspérant. Il va vraiment faire comme si je ne l'attirais pas, alors que mon instinct et ses tortillements me disent le contraire ?

J'en ai marre de désirer un mec qui me tient à distance. Je suis peut-être à côté de la plaque, mais on peut être deux à jouer à ce jeu. Je passe les mains dans mon dos et dégrafe mon soutien-gorge.

Cette fois, Zach éclabousse l'eau dans un mouvement brusque.

— Qu'est-ce que tu fais ?

Je l'ignore et fais glisser les bretelles le long de mes bras. Ma culotte en soie et en dentelle suit dans la foulée, et retombe avec un léger *plop* sur le t-shirt trempé.

J'ai les mains qui tremblent. C'est une mesure extrême pour prouver ma théorie. Ce n'est pas normal que je me déshabille pour attirer l'attention d'un mec. En fait, je n'ai jamais fait quelque chose comme ça avant. Si Zach n'était pas une tête de mule, je n'aurais pas à le faire.

Je prends une grande inspiration et je ferme les yeux, m'enfonçant dans l'eau, mais le bout de mes mamelons remonte pendant une seconde et fait irruption à la surface. Mes paupières s'ouvrent.

— Oups.

Zach est pétrifié, il mate mon corps.

— Nessa.

Sa voix est un grognement étranglé.

— Ça ne devrait pas te déranger. Tu as dit que je ne t'attirais pas, je lui rappelle.

— Je n'ai pas dit ça.

— T'as dit que je n'avais pas d'inquiétude à avoir et que je devais me mettre à l'aise.

— Je ne pensais pas que tu allais te baigner *toute nue*. Seigneur.

Il passe une main mouillée sur son visage.

— Tu m'as dit que tu n'étais pas intéressé.

Mon ton est provocateur maintenant.

— Ce n'étaient pas mes mots.

— C'était implicite.

Zach s'empoigne les cheveux, les faisant rebiquer en touffes humides et hérissées.

— Je pense que tu devrais remettre le t-shirt.

— Pourquoi ? Tu pourras toujours voir mes té…

— Ne le dis *pas*.

— … tons. Qu'est-ce qu'il y a, Zach ? T'as un problème ?

J'ignore pourquoi, mais son malaise me met en joie.

Je pose un pied sur le bord du jacuzzi et croise les chevilles. Le regard de Zach plonge vers mes pieds et remonte, puis il ferme brusquement les yeux.

— Je suis un homme faible, Nessa. Ne joue pas à ça.

— Tu n'as pas l'air d'un homme faible, Zach. On est amis depuis plus d'un an et tu n'as jamais rien tenté.

— Eh bien, ce n'est pas l'envie qui m'a manqué !

Mon cœur tambourine, et pendant une seconde, ma respiration se bloque. Il n'a jamais admis avoir ressenti une attirance.

Je jette les mains en l'air.

— Je ne comprends pas. Qu'est-ce que t'attends ?

— Nessa, implore-t-il. Arrête ça.

Son visage est sérieux. Il ne veut pas de moi. Du genre, *pas du tout*. À me supplier de me rhabiller. Il me trouve peut-être attirante parce que je suis une fille nue dans son jacuzzi, mais il n'est *pas intéressé*.

Ma bouche s'assèche et je m'étrangle de la douleur qui sourd dans ma poitrine. Je me lève brusquement pour me barrer, me souviens que je suis à poil et me laisse tomber dans l'eau. Je me couvre le visage à deux mains et réprime les larmes qui me brûlent les paupières.

Pourquoi ai-je fait ça ? C'est moi la tête de mule. Je suis allée trop loin, et regarde le résultat : je me suis complète-ment ridiculisée.

— Tu me tues, dit-il d'une voix lasse.

L'eau tourbillonne autour de moi, puis je suis soulevée et assise sur ses genoux, ses bras autour de moi. Ma première réaction, loin du désespoir, est un long frisson qui m'électrise partout. Mon corps nu sur ses genoux musclés et chauds, son torse puissant pressé contre le côté de mon sein… Mais je me tempère, car la séduction et l'intimité, ce n'est pas ce qu'il recherche. Il me réconforte, parce que c'est un type bien. C'est moi qui me suis jetée sur lui et qui ai des pensées cochonnes, assise sur ses genoux. *Seigneur, je n'apprendrai jamais ?*

Ses doigts habiles coincent une mèche de cheveux

derrière mon oreille. Il me berce contre lui et me caresse la tête. Comme si j'étais une petite fille.

Ma colère rejaillit à ce contact fraternel ; j'en ai tellement marre. Jusqu'à ce qu'il me soulève et glisse une main sous mes fesses, pour me repositionner sur ses genoux. *Là.*

Il est épais et long, et l'excitation électrique que j'ai essayé d'ignorer augmente. J'écarte les mains de mon visage et j'ose le regarder.

Son regard n'est pas fraternel. Il est concentré, la mâchoire serrée, mais quand il se penche en avant et m'embrasse la joue, ses lèvres sont douces et délicates.

Mon cœur bat si fort que ça m'étourdit.

— Qu'est-ce que tu fais ?

Zach inhale profondément, le corps pressé contre le mien, m'allumant, m'enflammant.

— Je tente un truc.

Il baisse la tête, sa bouche capture la mienne, et cette fois, j'enroule les bras autour de ses épaules et je lui rends son baiser. Avec force et passion, libérant tout ce que je ressens pour lui.

Je m'accroche à lui, je lui touche le cou, le visage, partout où je peux, car je le désire depuis trop longtemps. Le baiser est brûlant, lèvres et langue, et m'envoie des frissons dans tout le corps. Mes anciennes inquiétudes disparaissent. Rien d'autre ne compte que nous deux.

Un gémissement rauque s'échappe de ses lèvres. Sa main se promène le long de ma taille, effleurant le sein qui est maintenant collé à sa poitrine.

Oui. Encore.

J'interromps notre baiser une seconde et me hisse à califourchon sur sa taille.

Zach empoigne le bas de mon dos et me tire plus près, son érection pressée sur la partie la plus sensible de mon corps.

— Nessa, on ne devrait pas faire ça.

Il me faut une bonne minute pour imprimer ses mots. De quoi il parle ? Il ne peut pas m'embrasser avec passion et dire qu'il n'en a pas envie. Mais il vient juste de me dire qu'il veut seulement qu'on soit amis.

Ma confusion doit être visible parce qu'il précise sa pensée :

— Mais je me fiche de savoir si c'est bien ou pas. J'en ai marre de lutter.

Il plaque sa bouche contre la mienne, puis doucement, il prend mon visage en coupe. Et j'arrête de réfléchir. Je suis fatiguée de me demander si notre attirance n'existe que dans ma tête. Je la res*sens*. Ses mains et sa bouche sur mon corps. C'est ma réalité, et je fais abstraction de tout le reste.

Zach se lève et sort du jacuzzi en me portant, les jambes enroulées autour de sa taille. Il me serre contre lui, un bras puissant passé sous mes fesses, sans jamais cesser de m'embrasser les lèvres.

Nous atteignons la porte vitrée coulissante et il s'arrête. Je le sens s'incliner, puis changer de jambe d'appui.

Il fait froid dehors, mais son corps est chaud. Bouillant. Son cœur bat contre mes seins. Il ouvre la porte, et il lui faut moins d'une nanoseconde pour la refermer derrière nous. Et c'est là que je vois son maillot de bain sur le sol. *Ah, c'est ça qu'il faisait.*

Faisait… ? Est-ce qu'on va le faire ? J'ai envie, mais lui ? Je réfléchis trop à nouveau.

J'appuie les mains de chaque côté du visage que j'adore de toutes les fibres de mon être : sa mâchoire carrée, le menton avec la petite fossette, l'oreille qui dépasse un tout petit peu plus que l'autre, ses yeux brillants de désir. Alors qu'il me porte ainsi dans le couloir, nous sommes presque nez à nez.

— On n'est pas obligés de le faire, Zach. On peut rester amis.

— Trop tard.

Sur ce, je me sens voler dans les airs.

Mes jambes s'agitent et un glapissement sort de ma bouche une fraction de seconde avant que j'atterrisse en rebondissant sur le lit.

Zach se met sur moi, en appui sur les bras, et se glisse entre mes cuisses.

— Ça va ?

Je ne suis pas tombée brutalement, mais il ne parle pas de ma chute. Il me demande la permission. Parce que ce n'est pas un salaud. Il tient à moi, même s'il l'a nié jusqu'à présent.

— Ouais.

Je lève la main et passe les doigts sur sa clavicule, sur les sillons de ses bras musclés. Zach a les plus belles épaules du monde. Je pourrais les admirer toute la journée si je n'aimais pas autant sa belle gueule.

Ce qui me rappelle… je caresse du coussinet des phalanges sa lèvre inférieure et il le mordille, puis baisse la tête. Il embrasse la vallée entre mes seins, sa bouche glisse jusqu'à mon mamelon. Il pousse le côté de ma poitrine d'une main et referme les lèvres autour du bout.

Je me trémousse, me frottant contre sa taille en quête de frictions. Zach prend son temps, faisant des ravages avec sa langue sans se soucier de me rendre folle, comme il le fait depuis un an et demi. Bien que je serais heureuse de supporter cette forme de folie en femme satisfaite, je ne suis pas contre le fait de passer à la vitesse supérieure.

Si je pouvais juste le faire bouger un peu vers le haut pour qu'il s'aligne avec mon…

Il m'empoigne les fesses.

— J'ai eu envie de faire ça depuis le jour où je t'ai

rencontrée, dit-il en me pétrissant, puis il fait glisser sa paume de haut en bas comme pour le cartographier. Ce cul m'appartient.

Intéressant. Je n'aurais jamais cru qu'il était du genre possessif.

— Ah ouais ? Eh bien, je revendique ces épaules. Et ton cul musclé, et cette longue et grosse…

Il me coupe la parole par un baiser si tendre qu'il me stupéfie. Je n'ai plus envie de parler. Je veux être dans les bras du gars qui me déconcerte puis me rend folle dans la même minute.

Les mains de Zach se promènent avec application sur chaque centimètre de mon corps. Ça fait un bail que je n'ai pas couché avec un mec, mais je ne me souviens pas que ça me faisait cet effet. Partout où il me touche, mon corps frissonne et en redemande.

Il se penche sur le bord du lit dans la chambre sombre et déchire un préservatif. Il passe la main sur le côté, se gaine le sexe. Mon cœur s'emballe à la vue de son ventre plat, de sa jambe musclée, et de cette partie de lui tendue vers moi, qui me désire. Il se réinstalle, mais toujours pas là où j'ai envie de lui.

— T'es sûr que tu ne veux pas remonter un peu ?

— Je suis bien.

Il m'embrasse le menton, la pommette, le bord des lèvres, puis me reprend la bouche avec une telle passion que je me demande si je n'avais pas tort depuis le début. Que Zach a toujours eu des sentiments pour moi, et qu'il s'est retenu.

Je promène les mains sur les contours de sa poitrine large, son ventre, puis ses fesses, que j'empoigne pour le tirer vers le haut. Il est bien plus lourd que moi et il ne bouge pas d'un poil, puis il finit par se déplacer jusqu'à ce que je sente le bout de son sexe là où mon centre palpite.

—Je ne vais pas te faire de mal, Nessa.

C'est un serment. Comme s'il se convainquait lui-même. Et puis il me pénètre et tout ce que je pense, c'est qu'*il est à moi. Pour l'instant.* Et espérons-le plus longtemps, si je peux prouver l'existence de sentiments entre nous.

Mon amour pour Zach nous enveloppe. Il est impossible qu'il ne s'en rende pas compte. Et je suis barrée trop loin pour jouer l'indifférence.

J'ai envie de lui dire ce que je ressens, tout cet amour, mais je me tais. Puis je ne pense plus à rien, à rien d'autre que ses doigts qui me pincent doucement les tétons, sa main autour de mes fesses comme il l'a dit, comme si elles lui appartenaient, et à sa façon de manier mon corps pour aller et venir à l'intérieur selon le bon angle.

Mon souffle se bloque quand il atteint le fameux point. Et vu comme il est perspicace ce soir, il y reste, et le tape, encore et encore.

Des étoiles clignotent dans mes yeux. Mon corps convulse alors que l'orgasme le plus long de l'histoire des orgasmes me submerge soudain.

— Oh, mon Dieu, je halète en redescendant d'une extase que je n'ai jamais connue auparavant.

— Non, c'est juste moi. Et d'ailleurs, on n'a pas fini.

Zach continue ses coups de reins jusqu'à ce que ma respiration repasse du halètement à la normale.

— J'en peux plus, murmure-t-il, et il se penche légèrement, trouvant une nouvelle position qui doit être agréable, car il jouit immédiatement, en gémissant et tremblant au-dessus de moi, sa bouche sur mon cou qui me fait un suçon digne du plaisir qu'il ressent.

Sa respiration se calme lentement, et il saupoudre des baisers sur mon cou et mon visage, comme s'il n'arrivait pas à se repaître de moi. Puis il glisse sur le flanc, et me serre dans ses bras.

Nous restons allongés ainsi quelques minutes, et je m'endors. Mais ensuite, je le sens se lever et se rendre dans la salle de bains. Je suis tellement fatiguée et rassasiée que je ne peux pas bouger, alors je ne bouge pas. Je reste vautrée comme une loque.

Le matelas s'enfonce après ce qui me semble quelques secondes, et Zach m'enveloppe dans ses bras. Je me rendors en me demandant si je ne rêve pas.

Et si je vais me réveiller dans le rêve ou dans la réalité.

Chapitre Quatre

Je suis complètement détendue, sauf que j'ai l'impression d'avoir dormi avec du coton dans la bouche. Je cligne des yeux, regarde la pièce. Mes yeux s'arrondissent.

Oh bon sang ! Je suis chez Zach. Et hier soir…

Je jette un coup d'œil oblique sans bouger la tête, de peur de le réveiller. Puis je le mate, car il dort à plat ventre, collé contre moi, un bras replié sous la tête. J'ai envie de le toucher tellement il est mignon. Il y a une couverture qu'il a dû jeter sur nous à un moment donné, parce qu'on n'est même pas arrivés jusqu'aux oreillers. On est allongés au milieu du matelas, ses pieds pendent dans le vide.

J'aimerais tenir la tequila pour coupable, mais je n'ai pas bu *tant que ça* hier soir. Le seul argument pour me défendre d'avoir atterri dans son lit, c'est la « faim ». Une fois que j'ai eu accès au mec de mes rêves, je me suis gavée, puis rapidement endormie.

Mince, je suis comme un homme. Je me sers et je m'endors.

J'ai le ventre noué. Et s'il le regrette ? Je me suis foutue à poil devant lui. Puis j'ai pleuré. Merde, et s'il avait couché avec moi par *culpabilité*, parce qu'il avait pitié de moi ?

Je ferais mieux de partir avant qu'il ne se réveille. Parce que s'il ouvre les yeux et a l'air mal à l'aise, ou essaie de me pousser vers la porte, ça me brisera le cœur. Je ne veux pas y penser maintenant. J'ai besoin d'une douche. Et d'une brosse à dents. Et d'avaler un truc sucré avant d'encaisser ce genre de déception.

La lumière entre par la fenêtre, mais elle est pâle et bleue. Il doit être encore tôt. Je glisse une main sur le matelas vers le bord du lit et je jette un coup d'œil pour voir s'il bouge.

Aucun signe de vie. Je sors lentement du lit et me lève, l'observant comme s'il était un animal enragé prêt à bondir. Je suis si concentrée sur ses éventuels mouvements que je ne regarde pas où je mets les pieds.

Mon petit orteil frappe le pied du lit. La douleur me lance dans toute la jambe, mais je dois rester silencieuse.

Putain de merde !

En sautillant, j'attrape mon orteil, perds l'équilibre et atterris sur le cul. Je rampe vers la salle de bains et regarde par-dessus mon épaule pour m'assurer que Zach dort toujours.

Je suis une idiote, rampante, qui s'enfuit comme une voleuse dans la nuit.

Et je suis totalement d'accord avec cette idée en ce moment.

Je ferme doucement la porte de la salle de bains jusqu'à ce qu'il n'y ait plus qu'une fente entre moi et l'autre pièce. Je m'agrippe au lavabo pour me redresser et je reprends mon souffle. Je pose mon pied sur la lunette des toilettes et j'examine mon petit orteil. Il est rouge vif et enflé. Génial.

Je m'habille rapidement, sans soutien-gorge ni culotte,

parce qu'ils sont restés en tas humide au pied du jacuzzi. Je me regarde dans la glace et, merde, mon mascara a coulé ; j'appuie le doigt sur le côté du cou : j'ai une grosse tache rouge sur la peau. Un suçon ? Il m'a *marquée* ?

Ouah. Mon visage s'enflamme, mon ventre palpite. Cette soirée était… je m'évente d'une main. Je dois vraiment partir d'ici avant de faire un truc stupide comme retourner dans le lit avec lui. Il pourrait très bien regretter la nuit dernière.

Je nettoie les traces de mascara et j'examine mes cheveux. Ils sont emmêlés et hirsutes comme si je les avais frottés sur un ballon. Je ne me souviens pas m'être frotté la tête sur le matelas, mais bon, j'étais occupée. Seigneur, ça n'a jamais été aussi bon. Mon corps vibre encore du plaisir que m'a donné Zach. Pas étonnant qu'il soit le chéri de ces dames.

Beurk ! Je déteste l'imaginer avec d'autres femmes. Et s'il reprenait ses vieilles habitudes de s'envoyer en l'air à l'hôtel et de m'appeler Moustique ? Comment vais-je le supporter ? Je me tiens au comptoir et respire à fond. Voilà exactement pourquoi je pars avant d'être obligée d'affronter des vérités trop difficiles à entendre dans mon mal d'amour actuel.

Je sors en clopinant de la salle de bain, mes chaussures et mon sac à la main. Impossible d'enfiler mes escarpins avec un orteil qui a doublé de volume. En plus, je suis en mode furtif. Je ne veux pas que le bruit des talons réveille Zach.

Il est exactement dans la même position. Il n'a pas bougé, sa jambe musclée dépasse de la couverture. Ma poitrine se serre.

Je déteste le quitter, mais c'est plus fort que moi, j'ai peur qu'il regrette la nuit dernière, ou pire, qu'il me traite comme n'importe quel autre coup d'un soir. Je ne le supporterais pas.

Et si notre nuit d'amour avait tout gâché ?

———

Zach

J'OUVRE MES YEUX ENSOMMEILLÉS.

Il y a quelque chose qui cloche. J'essaie de comprendre quoi en fixant la porte du placard…

Je m'assieds brusquement et regarde la place vide à côté de moi.

— Nessa ? j'appelle.

Pas de réponse. Je saute du lit et enfile un short de sport. Je traverse la chambre et pousse la porte de la salle de bains. Elle n'est pas là, pas plus que les vêtements qu'elle a pliés et placés sur son sac à main.

J'avance dans le couloir, mon cœur s'emballe. Mes membres sont fluides, souples et calmes alors que ma poitrine est comprimée par l'angoisse. Je ne me suis jamais senti aussi perturbé après une nuit avec une femme. Mais ce n'est pas n'importe quelle femme. C'est *Nessa*. Et elle a disparu.

Elle n'est pas dans la cuisine ni dans le salon, et l'entre-bâilleur de la porte d'entrée n'est pas mis. Je n'oublie jamais d'accrocher la chaînette avant d'aller me coucher. Mais je ne pensais pas vraiment aux cambrioleurs hier soir. Il y a beaucoup de choses que j'ai *oubliées* la nuit dernière. Comme ma promesse de ne jamais aller si loin avec Nessa.

Mais j'y suis quand même allé.

Et c'était incroyable.

Je savais que je m'étais déprécié avec Alexis et les

femmes avec qui je couchais ensuite pour déculpabiliser, mais rien ne m'a préparé à faire l'amour avec Nessa. Elle ne se servirait jamais de moi et je ne me suis pas bridé. Parce qu'avec elle, je suis moi-même.

Depuis le jour où Alexis m'a dépucelé, mes histoires de cul n'ont jamais été sérieuses. Avec Nessa, il n'y a aucun faux-semblant. Je tiens tellement à elle, et maintenant que nous avons franchi la ligne, je ne la lâcherai pas.

Je vais devenir fou si je ne trouve pas où elle est allée. Je n'aime pas qu'elle me fuie.

Je scrute le salon et me précipite vers la porte vitrée coulissante, jette un coup d'œil dehors. Le jacuzzi n'est pas couvert. Les bulles s'arrêtent au bout d'un certain temps, mais la lampe est toujours allumée. Je n'ai même pas refermé complètement la baie en portant Nessa à l'intérieur. J'étais trop pressé de la mettre dans mon lit.

J'ouvre la porte coulissante et je sors en short. L'air frais du matin et la terrasse froide me glacent les pieds et la peau. J'éteins tout et j'aperçois les dessous de Nessa près du jacuzzi.

Je souris et m'approche pour les ramasser. Ils sont sexy à mort et j'aurais aimé la voir les porter, mais pas autant que j'ai aimé la voir sans. Je les essore et les pose avec mon maillot de bain sur une chaise pour les faire sécher, puis je retourne à l'intérieur. Nessa n'a même pas pris la peine de récupérer ses sous-vêtements avant de partir. Était-elle contrariée ?

Nous avons dormi toute la nuit collés l'un contre l'autre. Je le sais parce que je me suis réveillé plusieurs fois pour la regarder dormir, jusqu'à ce que l'épuisement me prive de ma capacité à contempler la jolie fille à côté de moi.

Comment a-t-elle pu partir sans me dire au revoir ? Si elle pense que nous allons redevenir seulement des amis, elle se trompe. Et je vais lui montrer à quel point elle se trompe. Dès que je l'aurai trouvée. Je pense que je vais aimer lui prouver que nous sommes faits l'un pour l'autre.

Je ne sais pas pourquoi j'ai lutté contre mon attirance pendant si longtemps, mais c'est de l'histoire ancienne. Je n'avais peut-être pas prévu ce qui nous arrive, mais je ferai tout ce qu'il faut pour la rendre heureuse. Nessa mérite ce qu'il y a de meilleur au monde.

Je regarde ma montre. *Huit heures*. Elle n'est pas partie depuis longtemps, car la dernière fois que je me suis réveillé, il était cinq heures et elle dormait profondément. Je me suis retourné et j'ai serré son petit corps sexy contre le mien. J'ai lutté pour ne pas la réveiller.

Un sourire m'étire les lèvres. Je marche à grandes enjambées vers ma chambre, me préparant à me doucher et partir à sa recherche quand on frappe à la porte. Pensant que c'est elle qui est revenue, j'ouvre avec un sourire niais.

Une vague de déception me refroidit.

— Salut, papa.

— Oh, j'en connais un qui s'est couché tard.

Il me frôle au passage, se dirige vers la cuisine.

Mon père est de taille moyenne, avec des épaules larges et quelques kilos en trop dus à toutes les consommations gratuites des casinos. Mais c'est un vieux beau, à ce qu'on dit.

Je reste près de la porte. J'espère qu'il ne va pas s'éterniser. Je ne peux pas laisser les choses en l'état avec Nessa qui a filé à l'anglaise. L'ai-je contrariée ? Je vais passer chez Muffin Top et prendre des bagels et du café avant d'aller chez elle.

— Qu'est-ce que t'as à boire par ici ? demande mon père en ouvrant les placards.

— Il y a du jus d'orange et du lait au frigo.

Il prend le jus d'orange, puis fronce les sourcils en

avisant le placard au-dessus du frigo et y trouve la vodka que j'y planque.

— Papa, je dois partir. On peut se voir plus tard ?

Il arque un sourcil et je soupire. Quand mon père tape l'incruste, il n'y a pas moyen de le déloger. Je retourne dans la cuisine et je m'affale sur le tabouret de l'îlot.

— Qu'est-ce que tu fais en ce moment ?

Il verse du jus d'orange dans un grand verre et ajoute une bonne dose de vodka. Il lève le verre vers moi et fronce les sourcils. Je secoue la tête.

— Je bosse. Et je bosse. Et je bosse encore.

— Tu ne peux pas faire que ça.

Il jette un coup d'œil autour de lui, son regard s'arrêtant sur mon maillot de bain et la culotte de Nessa sur la chaise à l'extérieur.

— Qui est la fille qui est partie ce matin ?

C'est le sens de l'observation de mon père, aiguisé par des années de jeu, qui lui permet de repérer les objets compromettants qui traînent.

— Comment sais-tu qu'elle est partie ce matin ?

— Tu as le feu au cul et tu es pâlichon, dit-il en levant la main, avec un geste autour de son visage.

— Sérieux, tu vas me questionner ? Papa, je ne veux pas parler de ma vie privée. On n'en a jamais parlé. On ne va pas commencer aujourd'hui.

Il me tend un verre de jus d'orange, sans vodka.

— On devrait peut-être. Tu vois encore Alexis ? Qu'est-ce qu'elle devient ?

Merde. Je ne veux pas parler d'Alexis. Pas tant que je suis encore sous le charme de Nessa.

Parfois, je me demande si mon père se doute de mon passé douteux avec Alexis.

— Je ne sais pas ce qu'elle fait. Je ne la surveille pas.

Pour ma part, notre histoire est terminée. Et je prévois de lui dire dès que possible.

— Dommage, elle est bien roulée.

Là, il me provoque. Je ne pense pas une minute que mon père ait des vues sur Alexis. Elle est peut-être physiquement attirante, mais je ne le vois plus. Tout ce que je vois, c'est sa noirceur intérieure, que mon père a repérée il y a des années quand il a mis en garde ma mère contre le fait d'être amie avec elle.

— Si Alexis est si géniale, pourquoi tu ne restes pas en contact avec elle ? je rétorque en prenant le jus d'orange qu'il m'a servi.

— J'ai aucune chance. Elle les aime jeunes.

Je m'étrangle avec mon jus de fruits. *Merde.*

Papa descend sa vodka orange.

— Bon, je m'en vais. J'ai un rendez-vous à Reno. Va chercher ta *nana.*

Il me fait un clin d'œil.

— Essaie de ne pas perdre ta chemise. La chance ne dure pas éternellement.

— Ne dis pas n'importe quoi. Ça dure depuis six ans et ça continue. Ce n'est pas de la chance, c'est du *talent.*

Il s'en va et je me prends la tête à deux mains.

C'est sûr qu'il y a du talent, mais mon père a eu des périodes de malchance qui ont failli nous mettre à la rue quand j'étais au lycée. À l'époque, j'avais un emploi à temps partiel l'après-midi et le week-end. Je ne pouvais pas travailler plus d'heures sans lâcher le lycée, et je ne voulais pas abandonner mes études. Je ne suis pas un génie, mais je savais qu'il me fallait un diplôme pour faire quelque chose de ma vie. Dieu merci, la série noire de mon père n'a pas duré longtemps. Il avait plus de foi que moi, et a gagné quelques grosses mains aux tables de blackjack en côtoyant l'ex-mari d'Alexis.

Alexis a divorcé de son mari quand j'étais au lycée et lui a pris une bonne partie de sa fortune. Aujourd'hui, elle joue aussi souvent que mon père. Elle est intelligente, cependant. Elle joue l'argent *des autres* et vit de sa pension alimentaire. Alexis avait l'habitude de me dire que j'étais la personne la plus importante dans sa vie. Ça ne me dérangeait pas qu'elle fréquente d'autres hommes. Je pensais qu'on avait un truc spécial, et j'étais content comme tout d'être son chouchou. Ça montre à quel point j'étais jeune et con quand notre liaison a commencé.

Maintenant, je n'en ai rien à faire. Ce qu'on a fait me rend malade. Littéralement malade. Les rencards en douce, les conneries qu'elle me raconte pour m'embobiner… J'en ai ma claque. Ce que je veux est tellement clair maintenant. Et cette fois, je vais me bouger pour l'avoir.

Je me douche pour laver la saleté que le fait de penser à Alexis laisse sur ma peau et je m'habille vite fait, mon besoin de trouver Nessa et m'assurer que tout va bien est plus fort que jamais. Mais comme c'est une matinée de merde, Alexis franchit la porte alors que je glisse mon portefeuille dans la poche arrière de mon jean.

Et c'est ma faute, car je lui ai bêtement donné une clé il y a des années.

Ciao l'enchantement durable laissé par Nessa : le ravissement qu'elle a infusé en moi la nuit dernière avec son âme magnifique, sa bouche gourmande et son corps incroyable — tout ce bonheur résiduel s'est envolé au moment où Alexis est arrivée.

— Salut, chéri.

Elle referme la porte et s'approche de moi, m'enlace la taille.

Je me libère, mais elle me bloque avec son bras.

— Qu'est-ce que tu veux, Alexis ?

Elle me regarde d'un air perplexe.

— C'est une façon d'accueillir ta maîtresse ? Qu'est-ce qui t'arrive en ce moment ?

Elle finit par reculer, probablement parce que je ne cesse de la pousser.

Je m'assieds dans le canapé, car il faut qu'on parle. Je ne veux plus repousser cette discussion. Tout a changé. Enfin, ça change depuis un moment, mais maintenant je veux y mettre un terme. Il est hors de question que je mette en danger mon histoire avec Nessa à cause d'Alexis.

— Écoute, j'avais des sentiments au début, je commence en glissant les mains entre mes genoux. Ou du moins, je crois. J'étais jeune…

Elle fait la moue et se pose à côté de moi, me caresse la poitrine. Je la repousse et change de ton. Alexis est trop agressive pour abandonner si facilement.

— Avoir une relation avec toi ne m'intéresse plus. On a tous les deux mûri et changé. J'aurais dû y mettre un terme il y a des années. J'y mets fin maintenant et j'aimerais récupérer mes clés.

Son expression se fige un quart de seconde, la peur traverse son regard. Puis elle pousse un gros soupir.

— Tu n'es pas sérieux.

— Je ne pourrais pas être plus sérieux. Je te souhaite plein de bonnes choses.

Je me lève et me dirige vers la porte, espérant qu'elle comprendra l'allusion.

Je lui dirais bien qu'elle rendra un homme heureux un jour, mais je n'y crois pas vu ce qu'elle m'a fait subir. Alexis est sournoise, traîtresse, c'est une mauvaise personne. Je ne l'avais pas réalisé jusqu'à ce que je remonte respirer à la surface. Avec Nessa.

Dès l'instant où je l'ai embrassée, mon monde tordu s'est remis à l'endroit. C'était *ça* que j'étais censé éprouver.

Pas la chose froide et désincarnée que j'avais avec Alexis ou une autre.

— Oh, on se reverra. On ne coupe pas les ponts ainsi avec ses proches.

Elle me suit vers la porte et tente de me toucher. Je lui attrape le poignet avant qu'il n'entre en contact avec mon bras et je lui plaque sur le flanc.

— On n'a jamais été ensemble, Alexis. Pas comme ça. Et non, on ne se verra plus. J'ai tourné la page.

Son regard se rétrécit.

— Avec qui ?

Il y a une pointe de dureté dans son ton. J'aurais mieux fait de me taire.

— Ça ne te regarde pas. Je suis sûr que tu souhaites mon bonheur.

Je ne pense pas qu'elle en ait quelque chose à foutre de mon bonheur, mais j'essaie de la convaincre subtilement de partir la tête haute.

— Chéri, on peut au moins rester amis, n'est-ce pas ?

Ses mots sont sucrés, presque chaleureux, mais je ne suis pas dupe. Elle utilisera tous les moyens pour planter ses griffes dans ma chair, pour me faire croire qu'elle se soucie de moi alors qu'elle ne pense qu'à sa tronche.

Plus important encore, *je* me fiche d'elle comme de l'an quarante.

— Non, on ne peut pas.

— C'est ridicule, dit-elle en croisant les bras. Qu'est-ce que cette petite salope t'a fait ? Ne me dis pas qu'elle ne veut pas partager. On sait tous les deux que tu n'es pas fidèle.

Je ne l'étais pas, mais ça ne veut pas dire que je ne peux pas l'être. Les aventures d'un soir, entre deux nuits avec Alexis, étaient un moyen de nettoyer la crasse, mais elles ont laissé des taches aussi. Je me fichais de ces filles ; je voulais seulement qu'elles passent un bon moment et rentrent chez elles saines et sauves. Jamais personne ne m'a donné envie de m'engager, jusqu'à Nessa.

Il n'est pas question que je partage Nessa. Même pas en rêve.

Et si Nessa veut de moi, je suis partant à deux cent pour cent.

Chapitre Cinq

Je me gare devant l'immeuble de Nessa vers dix heures, après avoir poussé Alexis vers la sortie. Je lui ai dit de s'occuper de ses fesses et de ne pas chercher à savoir qui était ma copine. J'ai pratiquement dû lui arracher des mains la clé de chez moi, mais je l'ai récupérée. Si elle l'avait gardée, j'aurais payé pour faire changer les serrures.

Ironiquement, depuis que j'ai acheté le chalet il y a trois ans, c'est la première fois qu'Alexis utilise sa clé. Et ce sera la dernière.

Je suis passé en coup de vent chez Muffin Top pour prendre deux lattes et des pâtisseries, espérant partager un petit déjeuner tardif avec Nessa. Malgré mes visiteurs indésirables, il est encore assez tôt pour que je la trouve chez elle. Où nous pourrons discuter… et définir des règles. Car je n'aime pas la façon dont elle est partie sans dire au revoir. Ça m'a laissé un mauvais pressentiment.

Je toque à la porte de son appartement. Sa colocataire m'ouvre.

— Salut, Teresa. Nessa est là ?

— Salut. Non, elle est sortie faire des courses.

Je soupire. Cette matinée ne se passe pas du tout comme prévu.

— Tu sais où elle est allée ?

— Non, désolée. Tu veux que je lui transmette un message ?

Je tends à Teresa un latte et le sac de nourriture.

— Dis-lui juste que je la cherche. J'ai déjà laissé un message sur son téléphone.

Elle palpe le sac en papier.

— Sans problème, je lui dirai que t'es passé.

Ça commence à ressembler à une stratégie d'évitement de sa part. Pourquoi ?

Je regagne mon 4x4 et repense à hier soir, et à la meilleure nuit d'amour de ma vie. Notre complicité était intense. Trop ? Y suis-je allé trop fort ? On est de bons amis, et elle a peut-être peur de ce qui s'est passé.

Je colle mon front sur le volant. *Ressaisis-toi.* Je dois me calmer et attendre qu'elle m'appelle ou m'envoie un texto.

Je n'ai pas l'habitude des relations amoureuses. J'ignore comment gérer la situation. Je n'avais pas prévu d'avoir une histoire avec Nessa. J'ai essayé l'épargner en restant loin d'elle. Mais ça n'a pas marché. Je la désirais trop. Maintenant qu'on a franchi le pas, il n'y a pas de retour en arrière possible et je n'en veux pas d'ailleurs.

Ce soir, on travaille tous les deux à la soirée « Teuf des années 80 » au Blue. Si on ne se croise pas avant, je lui demanderai de me retrouver après. D'une façon ou d'une autre, on va régler ça, car me laisser en plan après le meilleur sexe de toute ma vie, ce n'était pas cool. Et si, au fond de moi, je sais que mon enchantement a plus à voir avec Nessa qu'avec la relation physique, je le garde pour moi. Je n'ai pas envie d'analyser mes sentiments en ce moment. J'ai juste besoin que cette fille réponde à mes appels.

____

Nessa

JE SUIS une loque humaine depuis ce matin. Après avoir fait toutes les courses possibles pour m'empêcher de penser à Zach, j'ai fini par écouter mes messages. Ma sœur a appelé une fois, Zach deux fois. Teresa dit qu'il est aussi passé.

Elle m'a interrogée pour savoir où j'avais passé la nuit, et je suis presque sûre qu'elle devine qu'il se passe un truc. Je ne suis pas entrée dans les détails, mais elle sait que j'ai dormi chez Zach. Elle m'a déjà demandé si j'avais des sentiments pour lui. Je suis restée muette à ce sujet, lui cachant mon attirance comme à tous mes amis, mais ma coloc soupçonne un truc.

C'était sympa de la part de Zach d'apporter des pâtisseries, mais ça pourrait aussi être une offrande de paix pour l'erreur qu'il a commise. Il n'a peut-être pas de relations durables avec les femmes (ou plus d'un rendez-vous), mais il a toujours été un gars correct. Il ne filerait pas à l'anglaise… mince, exactement comme je l'ai fait.

J'étais une grosse dégonflée ce matin, et je le suis toujours. Je ne veux pas perdre Zach, et je me dis que si je l'évite, je ne me ferai pas larguer. Irrationnel, mais efficace.

Une petite voix ne cesse de piailler au fond de ma tête qu'il pourrait en réalité _vouloir_ me voir. Qu'il n'a peut-être pas aimé que je file ce matin. J'ai étouffé cette voix, car je ne veux pas cultiver de faux espoirs. Zach est le roi des aventures sans lendemain. De toute façon, je vais le voir ce soir au Blue, car pour une fois, nous travaillons ensemble dans la même salle. Fini de se cacher. Il faudra l'affronter.

Je flippe comme une malade en entrant dans le casino.

Respire à fond. Encore quinze minutes avant le début de mon service.

Je prends l'ascenseur jusqu'à l'étage de la direction. Je suis arrivée en avance pour poser une question à Mira. Je prends mon service à l'heure où elle quitte son boulot, mais je devrais pouvoir la croiser.

Je fais signe à Gayle, la réceptionniste, en traversant le hall de la direction. Il paraît que Gayle était serveuse au casino avant de décrocher un poste administratif. Elle porte un tailleur chic à rayures bleu marine, mais elle est toujours maquillée comme une voiture volée et ses cheveux sont rouge vif. Je peux tout à fait l'imaginer en bas dans l'équipe des serveuses. Et j'espère suivre ses traces – pour le poste de cadre, pas la teinture rouge.

Je longe deux couloirs pour arriver au bureau de Mira, un espace exigu sans fenêtre. J'aimerais dire que c'est douillet, mais non, vraiment pas. Un mur est occupé par un tableau blanc géant noirci de dates et d'événements, l'autre par une grande plante à moitié morte.

Mira lève les yeux quand j'entre et sourit.

— Quoi de neuf, poulette ?

Elle chausse les escarpins qu'elle a poussés sous son bureau et m'embrasse.

Je lui reproche de ne pas s'être pointée hier soir après m'avoir fait culpabiliser de vouloir sécher la soirée tacos, et elle indique de la main les dossiers empilés sur son bureau.

— Tu travailles sur tout ça ?

— Oui, soupire-t-elle. Le Blue a souffert d'un manque de personnel ces derniers mois. On a un nouveau à l'hôtellerie, mais le reste du travail retombe sur moi ou Hayden. Comment ça se passe en bas ? Je suppose que tu bosses ce soir puisque t'es là.

— Ouais. Je suis au Club.

Inutile de dire à Mira que je fais le service dans la Teuf

des années 80. Elle est plus au courant des événements du Blue que quiconque.

— En fait, je suis venue en avance pour te demander quelque chose, dis-je en coinçant une mèche derrière mon oreille, soudain nerveuse. Tu pourras me prévenir si un poste correspondant à mes qualifications se libère dans les bureaux du Blue ?

Puis j'énumère les stages que j'ai faits lorsque j'étais étudiante.

C'est prometteur que le casino ait besoin de recruter, mais j'ai peu ou pas d'expérience professionnelle. J'espère quand même qu'il se présentera une opportunité me permettant d'accéder à un poste à l'étage de la direction.

Je n'arrive pas à croire que je suis serveuse depuis plus d'un an. Quand j'ai déménagé au lac Tahoe, mes parents m'ont harcelée pour que je trouve un « vrai travail » après avoir financé mes études. Et un an et demi plus tard, je réalise que le temps a filé. Ça fait si longtemps que même mes parents ne m'en parlent plus. Mais je suis prête à changer de métier.

— Je vais me renseigner auprès des autres casinos aussi. Je voulais juste t'en toucher deux mots d'abord puisque je travaille déjà au Blue. Ça ne peut pas faire de mal d'avoir une expérience en salle, non ?

— Absolument pas. Et ne sois pas ridicule. Évidemment, je vais t'aider. En fait, ajoute-t-elle en se tapotant le menton, je pense à quelque chose. Ça pourrait être vraiment bien.

Elle se tapote de plus belle. Elle me rend nerveuse.

— Peu importe ce que c'est, je suis prête à le faire. Je suis très flexible.

— Tant mieux parce qu'il y a juste un hic. Ce n'est pas un poste rémunéré.

———

CE SOIR, je porte un accoutrement flashy des années 80, avec des guêtres et un haut à paillettes aux épaules dénudées. Une minijupe noire extensible complète la tenue. Heureusement, comme c'est une soirée à thème, je peux porter mes baskets compensées. Une de mes courses ce matin était une visite chez le médecin. Il s'avère que je ne me suis pas cassé l'orteil ; c'était seulement une impression.

Ça m'apprendra à avoir une pseudo « aventure d'un soir » et filer en douce au petit matin.

Mon petit doigt de pied me lance terriblement, et s'il n'y avait pas cette Teuf des années 80, je me serais fait porter pâle. Je n'aurais pas pu travailler en talons hauts. Des baskets à semelles compensées, en revanche, je peux gérer.

Je m'attaque aux dernières agrafes du bustier – même en tenue des années 80, le Blue nous fait toujours remonter les seins jusqu'au menton. Je rentre le ventre et le tourne autour de mon buste pour qu'il tienne en l'air le peu que Dieu m'a donné. Je ne suis pas la fille la mieux dotée, mais même moi j'ai des seins, dans les uniformes du Blue.

Les tenues des serveuses sont jolies et amusantes à porter, mais je n'aurais aucun problème à les troquer contre un tailleur élégant. Je ne vais pas mentir, quand je suis passée au bureau de Mira avant mon service, je pensais à un poste rémunéré. Mais le stage dont elle m'a parlé semble idéal. Tellement idéal que je pourrais temporairement accepter de ne pas être rémunérée. Je travaillerais au service marketing, j'assisterais le directeur.

Faire un stage de quelques heures avant de commencer mon service me ferait de grosses journées, mais si tout se passe bien, ça peut déboucher sur un emploi stable et rémunéré. Et contrairement à la plupart des entreprises qui proposent des postes de débutant mal payés, le casino paie bien, c'est pourquoi il recrute par ce biais.

Il est temps que je me bouge, sinon je risque de me retrouver à quarante ans serveuse au Blue Casino, avec les cheveux teints en noir et des cors aux pieds. C'est facile d'être serveuse, les clients sont sympas et ça rapporte bien. Mais ça n'a rien à voir avec la carrière passionnante dans le marketing que j'avais envisagée en sortant de l'université.

Beaucoup de serveuses au lac Tahoe en ont fait leur métier. Elles vivent au paradis avec un bon salaire, ce qui n'est pas si mal. Mais ce n'est pas moi. Je ne sais pas comment c'est arrivé. Comment je peux faire du surplace depuis un an ? Et après avoir fait ce qui pourrait être la pire erreur de ma vie en couchant avec un de mes meilleurs amis (qui se trouve être le gars dont je suis bêtement amoureuse), j'ai besoin de changement. J'ai besoin de passer à autre chose. Ma vie sentimentale est en pleine tourmente, mais je peux agir sur ma vie professionnelle.

Je traverse le casino en me rendant au night-club du Blue, remarquant les regards ébahis de plusieurs clients. J'espère que c'est un signe de gros pourboires à venir. Le costume des années 80 va payer les factures. Et être débordée ce soir est une bonne chose, car je panique à l'idée de voir Zach.

Je dépasse le videur qui se tient devant la corde en velours du club. Il n'y a personne dans la file, mais il est encore tôt. Les clients vont commencer à affluer dans une heure.

Les lumières sont tamisées à l'intérieur, et on ne voit pas grand-chose. Je prends une tablette de Juicy Fruit dans ma caisse banane, la fourre dans ma bouche et mâche frénétiquement. Dès qu'il y aura plus de monde, je devrai cracher le chewing-gum et agir en professionnelle. En attendant, j'évacue mon anxiété par ma mâchoire.

Mes yeux s'adaptent à l'obscurité et je l'aperçoit. Zach me regarde fixement. Il a dû me voir entrer.

J'inspire à fond, puis je me dirige vers lui.

— Salut, ma belle.

Il sourit et je me mets à trembler de partout. Son sourire, ces lèvres pleines. Un peu moins de magnétisme m'aiderait bien en ce moment. Parce que là, j'ai envie de me jeter sur lui. *Argh !*

C'est pire qu'avant que nous couchions ensemble. *Je vais craquer.*

Oh, mon Dieu, je dois y arriver. On travaille dans la même salle ce soir. *Reprends-toi, Nessa.*

Zach contourne la table de blackjack installée spéciale-ment pour la soirée et se plante à côté de moi. Il porte un blazer blanc et un pantalon bleu, ses cheveux sont hérissés pour créer un effet *Deux flics à Miami*. Mais voilà ce que je vois : des avant-bras puissants là où il a retroussé les manches, des deltoïdes qui tendent le tissu aux épaules, et des yeux sombres qui scintillent.

Son sourire me fait fondre de l'intérieur. Il pourrait ne rien porter et mon cœur s'emballerait quand même. En fait, c'est un mauvais exemple, car Zach tout nu est encore plus affolant. Parce que c'est lui, c'est tout. Il y a toujours eu quelque chose d'indéfinissable qui m'attire vers lui. Et maintenant que je sais de quoi cette bouche et ces mains sont capables, et connais la sensation de ce corps sur le mien, je suis une loque humaine.

Mâche, mâche, mâche.

Zach fronce les sourcils. Il tend la main.

— Crache.

Ma mâchoire s'immobilise et je le regarde comme s'il était fou.

— Mon chewing-gum ? Dans ta main ?

— Crache-le, Nessa. Je ne plaisante pas.

Je me penche et crache la gomme, la bouche tordue d'agacement. Il a intérêt à ne pas recommencer à me traiter comme une gamine.

Il met le chewing-gum en boule dans une serviette de mon plateau et le jette dans la poubelle derrière le bar, à plusieurs mètres de distance, comme s'il marquait un panier.

— Bon maintenant, dis-moi ce qui se passe, bordel.

Comme je ne réponds pas (parce que, comment répondre à ça alors que je n'en sais rien ?), il m'attrape doucement par le bras et me tire sur le côté.

— Pourquoi tu es partie ce matin ?

Sa voix est basse, légèrement rauque, et elle fait de drôles de choses à mon ventre.

— Je ne voulais pas que ça soit gênant entre nous.

— Pourquoi ça serait gênant ?

— Parce qu'on a couché ensemble, peut-être ? je chuchote bruyamment.

Il sourit, puis fronce les sourcils.

— Exactement. C'était génial, alors pourquoi on serait gênés ?

Il a vraiment besoin que je lui fasse un dessin ?

— Parce qu'on est amis. Et tu n'as pas de petite copine, rien que des maîtresses. Des coups d'un soir dont tu es si friand.

Il me dévisage avec insistance.

— Avec les autres filles. Pas avec toi.

Je le regarde fixement, essayant de lire son expression. Mon cœur a envie de croire qu'il dit une chose profonde, mais la logique le contredit.

— Donc tu dis que tu veux recommencer ?

Sa mâchoire se crispe.

— Je dis que ce n'est pas la même chose. Il s'agit de nous, toi et moi. Je pensais que tu avais compris hier soir qu'on serait ensemble une fois cette étape franchie. J'ai essayé de t'épargner en gardant mes distances depuis des mois, mais tu as rendu ma tâche impossible.

Je détourne les yeux, incrédule. Pourquoi il voudrait m'épargner ? Je le désirais. Il le sait. Et de toute façon…

— Donc ce qui s'est passé cette nuit est ma faute ?

Je me suis peut-être jetée sur lui, mais merde, je ne suis pas la seule fautive.

Il fronce les sourcils comme s'il était troublé.

— Eh bien, ce n'est pas ta faute, mais, tu sais… je t'ai dit que j'étais faible dès qu'il s'agit de toi.

J'ouvre de grands yeux.

— Je veux plus avec toi, il ajoute pour m'expliquer. J'ai essayé de te voir aujourd'hui pour t'en parler.

Il jette un coup d'œil par-dessus son épaule alors qu'un serveur dépose un bac rempli de verres sur le bar, puis il baisse la voix.

— Tu m'as manqué ce matin. Je suis allé chez toi, mais tu n'y étais pas non plus, et tu n'as pas répondu à mes appels. Pourquoi tu ne m'as pas rappelé ? dit-il d'une voix où perce le désespoir.

Impossible qu'il soit en train de dire ce que je crois qu'il dit. Qu'il pense vraiment à avoir une relation sérieuse. Enfin, c'est ce que je veux, mais je dois être intelligente. Pas de conclusions hâtives au sujet de Zach, car si je me trompe, ça me brisera le cœur.

— Les choses sont différentes entre nous.

— Exactement.

— Je ne voulais pas que tu te sentes piégé. J'ai eu peur que tu m'aies, euh… embrassée et autre parce que tu avais pitié.

Zach cligne des yeux plusieurs fois, me fixant comme si j'étais une énigme insoluble.

— Tu déconnes, là ?

— Non !

Je baisse la voix.

— Non. Tu as été assez clair sur le fait de ne pas vouloir d'histoire avec moi. Je me suis mise toute nue. J'ai pensé que tu as fait… bref, ce qu'on a fait… par pitié.

Sa bouche se tord comme pour réprimer un sourire.

— C'est pas drôle, Zach.

— Non, ce n'est pas drôle, dit-il en me faisant un petit baiser sur la bouche. C'est mignon.

Je grogne.

— Tu sais que je n'aime pas ces surnoms. Je ne suis pas mignonne juste parce que je suis courte sur pattes. Et je ne suis pas ta petite sœur.

Il grimace et secoue la tête.

— Putain, non.

Il se penche plus près, touchant le bas de mon dos du bout des doigts.

— T'es sexy, belle et j'aimerais qu'on ne travaille pas pour pouvoir retourner dans mon lit. Ou dans le tien. L'un ou l'autre, peu importe.

Un frisson me parcourt l'échine, mon cœur s'accélère à ses mots. Il se peut aussi que ma respiration se hache.

— T'es sûr que c'est ce que tu veux ? Tu ne le dis pas parce que t'as de la peine pour moi ?

Ses yeux s'arrondissent.

— Nessa, tu veux vraiment que je te montre ce que je ressens ? Ici ?

— Non.

Je secoue la tête frénétiquement. Vu son regard, qui est exactement le même que celui qu'il avait hier dans le jacuzzi avant de m'emmener dans la chambre, nous devrions orienter la discussion dans une autre direction.

Mais je souris. C'est plus fort que moi. Je suis si heureuse de m'être trompée, ou que mon instinct ait été juste. Peu importe. Je suis contente que ce ne soit pas un coup d'un soir comme à son habitude. Ce n'est pas du tout une aventure sans lendemain.

Zach sourit et m'embrasse sur la joue, ses lèvres s'y attardant longuement.

— Plus tard ? Après le boulot ?

— Oui.

Et c'est ainsi que se passe la soirée. Des regards brûlants et sexy de Zach, mon cœur qui s'affole, mon esprit qui s'égare alors que je sers des cosmos à des gars avec une coupe mulet des années 80 et des pintes de Sierra Nevada à des filles avec des bandeaux et des grains de beauté à la Madonna. Je me suis trompée deux fois dans les commandes, mes pourboires fondent comme neige au soleil, et je m'en fiche complètement.

À la fin de notre service, Zach s'approche tandis que je fais la caisse avec le barman.

— Je peux te rejoindre plus tard ? demande-t-il. J'aimerais passer chez moi me doucher et venir après. T'es d'accord ? Ça ne fait pas trop tard ?

Il est minuit, mais quelle importance ?

— Nan, pas trop tard.

— Je vais faire vite, alors. On pourra manger un morceau au Last Stop.

Je le regarde s'éloigner. Le club est encore animé, car il ne ferme pas avant plusieurs heures. C'est sombre et glauque, comme d'habitude, mais mon sourire est lumineux. Plusieurs personnes me regardent comme si j'étais folle alors que je me dirige vers la sortie quelques minutes plus tard.

Et je le suis. Tellement folle d'amour.

Chapitre Six

Inspirée par la Teuf des années 80, je choisis un haut à épaules nues scintillant que j'associe à un jean boyfriend à revers et à mes baskets compensées. Ce serait plus élégant avec des talons, mais mon petit doigt de pied me fait encore un mal de chien.

Mon cœur bat la chamade, et je suis toute tremblante. Mon rencard avec Zach me rend nerveuse, ce qui est débile, car je connais ce mec. On est super potes depuis plus d'un an, mais ce soir, le fait qu'il vienne me chercher, comme il l'a fait des milliers de fois, est différent. Ça signifie quelque chose, pour moi en tout cas, et je prie pour que ça signifie quelque chose pour Zach aussi.

Je me mets du rouge à lèvres quand on frappe à la porte. Un dernier coup d'œil dans la glace, j'arrange mes cheveux, je fronce les sourcils, j'arrache un fil de mon haut, puis je ferme les yeux et je tourne sur moi-même. Inutile d'essayer d'être parfaite. Je lui plais ou je ne lui plais pas, et la dose de maquillage n'y changera rien.

Je trifouille le verrou et j'ouvre.

— Salut, dit Zach en balayant ma tenue du regard. Tu es magnifique.

Je lâche le souffle que je retenais, jusqu'à ce que je note la raideur de ses épaules. Il a l'air nerveux aussi, et je ne peux pas m'empêcher de stresser de plus belle. Comment peut-on avoir une relation normale ? Est-on débiles de croire que ça pourrait marcher ?

— Prête ?

— Oui, je prends juste mon sac.

Zach marche derrière moi quand nous sortons. Je le contourne pour verrouiller la porte, et je sens qu'il observe mes moindres mouvements. Du coup, j'ai du mal à enfoncer la clé dans la serrure alors que mes gestes sont précis d'habitude.

Zach conduit jusqu'au Last Stop, un bar-restaurant local où tout le monde va pour dîner jusqu'à pas d'heure. La conversation sur le trajet est quasi inexistante tant le climat est tendu entre nous.

Nous commandons à manger, et le regard de Zach se pose sur mes mains. Il tend le bras, touche les fins bracelets dorés à mon poignet, puis entrelace nos doigts.

C'est un geste simple. Une chose normale à faire lors d'un rencard. Mais Zach et moi ne sommes pas deux inconnus qui sortent ensemble pour la première fois. Curieusement, le fait qu'il me tienne la main semble naturel, ce garçon qui ne m'a jamais touchée sauf pour me taquiner. La pression de sa main n'est pas taquine, elle est amoureuse, elle me chauffe la poitrine et le visage.

— Parle-moi de ta famille. Tes parents, dit-il, en continuant à examiner mes doigts, qui semblent enfantins dans les siens.

Euh, d'accord. Il ne m'a jamais posé de questions sur ma famille auparavant.

— Comme tu le sais, mon père est né et a grandi aux Philippines. Ma mère est originaire de Cornouailles.

— Comment se sont-ils rencontrés ? À quoi ils ressemblent ? Je ne sais même pas si tu as des frères et sœurs.

Il ne le dit pas de manière accusatrice, mais je me sens un peu offensée.

— Tu n'as jamais demandé.

Ses yeux croisent les miens.

— Je sais.

C'était intentionnel ? Je fixe ses ongles carrés, sa grande main masculine. Intentionnel ou pas, il me pose la question maintenant.

— Mon père est venu aux États-Unis avec une bourse pour étudier l'ingénierie à Cal Poly. Il suivait des cours d'été quand ma mère et une amie sont entrées dans le café où il étudiait. Ma mère était en vacances aux États-Unis, et elle et son amie étaient en route pour Santa Barbara.

Je souris.

— C'était peut-être des conneries, mais il a dit qu'il savait dès qu'il l'a vue qu'il allait l'épouser.

Zach reste silencieux pendant un moment, semblant plongé dans ses pensées.

— Et c'est tout ? Il l'a vue et ils se sont mariés ?

Je ris.

— Mais non. Ma mère a pensé qu'il était fou. Il a voulu lui offrir son café et elle l'a jeté. Dans une tentative désespérée de la revoir, il l'a invitée avec sa copine à une fête le soir même. En réalité, il a *appelé* ses potes juste après, pour leur demander d'organiser une fête parce qu'il avait besoin d'impressionner une jolie fille. Ma mère y est allée, cependant.

— Et ton père l'a emballée ?

— Nan.

— Mince. Je commence à avoir de la peine pour lui.

— Ce n'est pas facile pour tous les mecs.

Il se renfrogne.

— Ça n'a jamais été facile, Nessa.

J'ignore le sous-entendu dans son ton, car je ne le comprends pas. Zach est sorti avec un nombre incalculable de femmes. Je ne pige pas pourquoi il s'est retenu si longtemps avec moi. Ou pourquoi, tout à coup, il est ouvert à une vraie relation. Mais je ne vais pas mettre sa parole en doute, car être avec lui est ce que je veux par-dessus tout. Je ne veux pas me porter la poisse.

— Il ne s'est rien passé à la fête, mais ma mère a accepté de lui donner son adresse postale professionnelle à Londres. Il lui a écrit, lui a téléphoné, s'est immiscé dans sa vie. Il a fini par lui rendre visite. Selon la légende familiale, elle l'a laissé l'embrasser lors de ce séjour.

Je frissonne. C'est vraiment pas cool d'imaginer ses parents se rouler une pelle.

— Et ?

Je lève les yeux au ciel.

— Apparemment, ça lui a plu. Quand ma mère est retournée aux États-Unis le voir, mon père avait acheté une bague et il l'a demandée en mariage.

La serveuse pose les plats devant nous, et Zach mord une frite qui accompagne son sandwich au steak.

— C'est plutôt romantique, dis-moi.

Je me cache les yeux et me concentre sur ma propre assiette.

— Je sais.

L'histoire de la rencontre de mes parents est difficile à égaler. Mes sœurs et moi n'avons jamais eu de chance dans le domaine de l'amour. En ce moment, nous sommes toutes célibataires, même ma sœur aînée qui approche du quart de siècle. En fait, c'est la plus célibataire d'entre nous. Elle est trop coincée pour faire entrer un homme dans sa vie. Je ne me souviens même pas de la dernière fois où elle a eu un rendez-vous.

— Comment tes parents ont-ils atterri dans la baie de San Francisco ?

— Ma mère détestait son boulot à Londres, alors elle a déménagé en Californie après leur mariage, alors que mon père terminait ses études. Quand il a obtenu son diplôme, une entreprise aérospatiale de la région l'a recruté. Tu connais la suite.

Zach fronce les sourcils.

— Alors ton père est un genre de cerveau : il a décroché une bourse, pour ensuite travailler dans l'aéro-spatiale ?

— Ouais, mais il a aussi les pieds sur terre. C'est comme ça qu'il a séduit ma mère et sa famille. Et puis c'est un bel homme. Je suis la seule à être minuscule dans ma famille.

— Des frères et sœurs ?

J'oublie à quel point nos précédentes conversations ont évité les sujets trop personnels. Il semble étrange que Zach ne connaisse pas mes sœurs, vu le temps que j'ai passé avec lui, mais c'est autant ma faute que la sienne. Il n'a jamais posé la question, et je n'ai jamais abordé le sujet. Nous parlons de nos amis communs, de nos projets, du travail, mais jamais de nos familles. Et jamais des personnes avec qui nous sortons… ou ne sortons pas dans mon cas.

Si je sais que la mère de Zach a vécu une tragédie, c'est uniquement parce que je l'ai entendu en parler à ses amis. Je sais aussi qu'il est fils unique. Et maintenant, que son père est un joueur professionnel. Mais jusqu'à présent, il ne savait rien ou presque de ma famille.

— J'ai deux sœurs. Et avant que tu me poses la ques-tion, oui, elles me tapent sur les nerfs, dis-je, ce qui le fait sourire. Ma sœur aînée rend visite à la famille aux Philippines. Elle y est depuis quelques mois et ne rentrera pas avant deux ou trois mois encore. C'est celle qui me ressemble le moins. Elle est super chiante, et on se prend la tête. Elle n'approuve rien de ce que je fais, et je pense qu'elle aurait besoin d'enlever le balai qu'elle a dans le cul.

Zach rit.

— Putain, c'est bien d'être fils unique. Mais en vrai, ça doit être cool d'avoir une sœur avec qui s'engueuler.

Je lui lance un regard perplexe qui le fait rire de plus belle. Je secoue la tête et continue.

— Ma petite sœur et moi, on est proches. Elle vit sur la côte est, elle va à l'université. J'essaie de la convaincre de venir passer l'été à Tahoe quand elle aura son diplôme, dans quelques semaines.

Son expression devient sérieuse.

— C'est plutôt cool que tu aies des sœurs. Je ne le savais pas.

— Tu ne m'as jamais posé la question ni semblé t'y intéresser.

Zach déglutit et regarde ailleurs.

— Ta vie m'a toujours intéressé. Je voulais simplement rester en terrain neutre.

— Pourquoi ?

Il pose son coude sur la table et joue distraitement avec la salière et le poivrier.

— Tu es belle, douce… regarde la famille d'où tu viens. Ma famille est… ben, tu sais.

— J'en sais un peu. Mais Zach, peu m'importe ta famille. C'est toi qui m'intéresses. C'est *toi* que j'aime bien.

Il me fait un petit sourire.

— Mignonne… et ne me sermonne pas sur les surnoms. C'est comme ça que je te vois. Une fille douce et belle. Seulement, j'aime aussi t'imaginer sans tes vêtements.

Un sourire lubrique retrousse ses lèvres pleines.

Mignonne n'est pas si mal, replacé dans ce contexte.

— Je peux m'accommoder de ce surnom.

Nous attaquons nos plats et je sais par expérience que Zach ne peut pas parler en dévorant son repas. Alors j'attends que son coup de fourchette ralentisse et je lui pose la question que j'ai toujours voulu lui poser sans jamais oser le demander.

— Qu'est-ce qui est arrivé à ta mère, Zach ?

Ses yeux dévient sur le côté. Il boit une gorgée d'eau et s'essuie la bouche.

— Ma mère est tombée et sa tête a heurté le sol. Elle ne s'en est jamais remise.

Il me regarde et avise mon air désireux d'en savoir plus.

— Elle était sortie avec mon père et des amis. J'étais en seconde au lycée. Elle avait bu. Je ne dirais pas que ma mère était alcoolique parce qu'elle s'est rendu compte qu'elle buvait à un moment donné et a diminué sa consommation. Mais le soir de l'accident, elle avait trop bu. Ils étaient à une fête organisée par un gros richard de Tahoe et sa femme. Il y avait un grand escalier en pierre.

Il s'interrompt et inspire à fond, jetant sa serviette sur la table comme s'il avait perdu l'appétit.

— T'es pas obligé d'en parler si c'est trop douloureux.

— Non, c'est bon. C'est juste que c'est tellement absurde, tu vois ? Une minute elle est une épouse et une mère, travaille comme comptable pour un dentiste local, et s'occupe de moi et de mon père. Et la minute d'après…

Je tends le bras sur la table et lui prends la main, unis nos doigts.

— Elle est tombée dans les escaliers, s'est cogné la tête, et c'était fini. Extinction des feux. Elle n'est pas morte, mais elle a tout perdu. Depuis, ma mère est dans un établissement de soins de longue durée. Je vais la voir une fois par mois, mon père aussi, mais ça ne sert pas à grand-chose. Elle n'est pas sous respirateur ou autre, elle est juste…

Il secoue la tête.

— Elle n'est plus là.

— Qu'est-ce que ça veut dire ?

— Son cerveau a enflé après la chute. Elle a été dans le coma pendant un moment. Quand elle s'est réveillée, elle ne réagissait presque plus. Elle fait de la rééducation depuis des années, mais il y a eu très peu d'amélioration. Les médecins disent que son cerveau est endommagé de façon irréversible. Elle cligne des yeux, a tous les réflexes comme avaler, mais il faut la nourrir, car même si elle lève les mains, elle n'a pas la capacité motrice de tenir une fourchette. Elle ne reconnaît pas les visages. Elle ne sait pas que c'est moi.

L'envie de me pencher sur la table et le serrer dans mes bras me submerge, mais je me retiens. C'est notre premier rendez-vous officiel et je ne veux pas en faire trop, ce qui est risible vu ce qu'on a fait hier soir, mais bon…

Du jour au lendemain, Zach a perdu sa mère. Il peut la voir, la toucher, mais elle est partie pour lui. Ma mère est le pilier de notre famille. Je ne peux pas imaginer la perdre si jeune, ou ne pas avoir mes sœurs sur lesquelles m'appuyer, aussi chiantes soient-elles.

— Je suis désolée, Zach. Je n'aurais pas dû demander.

— Non, dit-il en levant les yeux. Je veux que tu saches. Ma mère me manque, mais l'accident remonte à plusieurs années. Je fais partie des chanceux. J'ai eu une bonne mère. Je suis heureux de l'avoir eue dans ma vie.

Je ne comprends pas comment il peut se dire chanceux. Son histoire est tragique. Mais je pense qu'il veut dire que ça pourrait être pire. Je pense à la mère toxicomane de Mira. C'est un truc qui peut vous ravager, mais Mira est résiliente. Elle a grandi grâce aux expériences qu'elle a vécues. Zach est résilient aussi, mais il n'est pas assez indulgent avec lui-même.

— Eh bien, je crois que ta mère a élevé un bon fils.

Il me regarde droit dans les yeux.

— Je ne suis pas bon, Nessa.

— Pourquoi tu dis ça ?

— Parce que c'est vrai. Cette femme avec qui tu m'as vu ? Sur laquelle tu m'as posé des questions ?

Il lâche ma main et se frotte la bouche.

— Tu avais raison. C'était une situation merdique, qui a duré trop longtemps. Je ne la vois plus, mais ce que j'ai fait, m'accrocher à une relation que je savais malsaine, c'était n'importe quoi.

Mon estomac chavire. Je le soupçonnais en les voyant ensemble, mais le fait qu'il confirme mes craintes ? Zach a couché avec beaucoup de filles, mais cette femme a sans doute été la plus constante dans sa vie d'adulte. Quel effet cela aura-t-il sur l'avenir ?

— C'est vraiment fini ?

— Oui. Et ça n'a rien à voir avec toi. Enfin, peut-être un peu, mais je voulais rompre depuis longtemps. Je ne voulais pas faire de vagues, mais maintenant je n'en ai plus rien à foutre.

— Et tu vois quelqu'un d'autre ?

— Non.

— Alors il n'y a que moi ?

— Absolument, confirme-t-il en se frottant la mâchoire. Et toi, tu ne sors pas avec… ce Sal ?

Je secoue la tête.

— Bien, tant mieux.

— Vraiment ? C'est ce que tu veux, Zach ?

Il émet un petit rire.

— Je ne te mérite pas, mais oui, c'est ce que je veux.

Il se penche sur la table et m'embrasse légèrement sur les lèvres. Non seulement ça me fait frissonner, mais je me sens aussi comme la fille la plus chanceuse et la plus heureuse du monde.

La serveuse tend l'addition à Zach et il paie, sans même me laisser donner un pourboire. On retourne chez moi et il me raccompagne à la porte.

— Tu veux entrer ? je demande.

Il est horriblement tard, mais je ne veux pas le quitter tout de suite.

Il promène son pouce sur ma mâchoire, trace d'un doigt le contour du suçon sur mon cou. Ses yeux brillent un moment, puis son expression se refroidit.

— Je ferais mieux d'y aller.

— T'es sûr ?

Je souris d'un air un brin suggestif, car c'est plus fort que moi. Je pense à la nuit dernière et mon envie folle de lui. Il est si proche, mais pour une curieuse raison, il semble toujours hors de portée.

— Ouais.

Son regard est intense, rivé sur mes lèvres. Il attrape ma main et me tire vers sa poitrine.

— Mais demain, vois si tu peux partir tôt. Je veux t'emmener à un vrai rendez-vous.

Mon cœur bat si fort que je me demande s'il le sent à travers sa chemise, ce qui serait embarrassant.

— Ce n'était pas un vrai rendez-vous ?

Il m'embrasse au coin des lèvres, espiègle.

— Hum, si, mais je veux un rendez-vous officiel. Un dîner où je t'invite à l'avance. Tu mérites d'être traitée comme une princesse, Nessa, et c'est ce que je veux faire pour toi.

Je me penche en arrière et le regarde dans les yeux, essayant de deviner ce qui se passe dans sa tête de mec.

— Je ne suis pas parfaite, Zach. Tu devrais le savoir depuis le temps. Je ne sais pas cuisiner, je mâche du chewing-gum comme un joueur de baseball et je suis toute petite, même si je *suis* un concentré de fille géniale.

Il sourit.

— Tu es parfaite à mes yeux.

Chapitre Sept

ZACH

Laisser Nessa devant sa porte hier soir a mis à l'épreuve ma volonté. Tous mes sens me clamaient de la jeter sur mon épaule, foncer dans la chambre et jouer les répétitions de la nuit précédente. Je me suis retenu d'un cheveu et j'ai réussi à faire demi-tour et remonter dans mon 4x4. Seul.

Ce soir, je n'aurai aucune retenue. Ce soir, je veux montrer à Nessa que je suis sérieux et qu'elle compte pour moi.

J'ai demandé à un autre croupier d'assurer la deuxième partie de mon service pour pouvoir partir tôt. Je vais devoir assurer un double service en échange, mais ça vaut le coup. Nessa mérite un bon restaurant, pas un des rades ouverts toute la nuit. Je pourrais repousser notre rendez-vous jusqu'à ce qu'on ait tous les deux un jour de congé, mais la dernière chose dont j'ai envie, c'est attendre. Je ne peux pas l'expliquer, mais j'ai besoin de me rassurer sur le fait que ce truc entre nous est réel. Je ne suis pas dans mon élément, je n'ai aucune idée de ce que je fais, mais Nessa mérite ce que j'ai de mieux à offrir.

Le Blue est bondé, un océan humain envahit l'étage du casino, pourtant j'aperçois la silhouette de mon père qui se fraie un passage vers ma table. Il ne se déplace pas avec sa cour comme les autres baleines, mais l'homme a une sacrée présence. Et il connaît la moitié des employés du casino, salue les gens en traversant la salle d'un grand sourire et une tape dans le dos.

Mon père s'assied à ma table et jette un rouleau de jetons sur le tapis.

— Zach.

Il m'adresse un signe de tête en guise de salut.

Je secoue la tête. Je déteste jouer contre lui, surtout quand il gaspille cinq cents balles d'un revers de la main. Ça me stresse. Je gagne mon propre fric aujourd'hui, mais j'angoisse pour mon père et sa « chance », c'est plus fort que moi.

— Quoi de neuf ?

— Je fais juste le tour des popotes.

— Comment c'était Reno ?

Il fait un sourire carnassier.

— Profitable.

Au moins, il a gagné à Reno.

— J'ai vu Alexis en arrivant.

Mes mains se figent un quart de seconde, jusqu'à ce que je me ressaisisse et distribue la main suivante.

— Ah ouais ? dis-je en masquant mon émotion.

Je serais heureux de ne plus jamais revoir Alexis, mais il n'y a aucune chance que cela arrive avec son amour du jeu.

— Elle dit qu'elle a un nouveau protecteur.

Je lève les yeux.

— Protecteur ?

Mon père me fait signe de distribuer une autre carte. J'obtempère et m'occupe des autres joueurs.

— Alexis a de l'argent, mais elle aime se faire entretenir par les types qu'elle se tape.

Il toussote, regarde les joueurs à la table, qui ne font pas attention à lui.

Mon père et Alexis fréquentent les mêmes cercles en raison de leur passion commune pour les jeux d'argent. Il en sait plus sur sa vie que moi. Je n'étais que son jouet.

Je savais qu'Alexis avait d'autres hommes à côté. Des types riches et puissants qui lui faisaient des cadeaux. Elle n'avait certainement pas l'argent qu'elle a maintenant quand elle était mariée et sortait avec mes parents pendant mes années de lycée.

— Tu vois toujours son ex-mari ?

Jim était un mec bien. Mon sentiment, maintenant que je suis plus vieux et plus lucide, est qu'Alexis l'a manipulé.

— Je le vois de temps en temps. Je vois plus souvent Alexis. Jim n'a pas le fric pour jouer aux tables comme elle. C'est un sacré personnage, cette femme. Elle était là le soir où…

Le visage de mon père se crispe, pâlit…fait rare de la part d'un homme qui est perpétuellement hâlé.

— Le soir où quoi ?

Il se racle la gorge.

— Le soir où ta mère est tombée.

J'ignore à quoi ressemble la vie sentimentale de mon père en ce moment. Je préfère ne pas le savoir, et je ne l'ai jamais vu avec une autre femme. Il aimait ma mère, fin de l'histoire.

Je ramasse les cartes. La maison gagne et mon père n'a plus de jetons. Pour lui, gagner et perdre des milliers de dollars en une nuit est une broutille.

— Maman et Alexis étaient les meilleures amies. Ça ne m'étonne pas qu'elle ait été là le soir du drame, dis-je.

Les yeux de mon père parcourent la nouvelle main que je lui ai distribuée.

— Alexis est la dernière personne à avoir parlé à ta mère.

Je sourcille, enregistre ses paroles. J'ai toujours cru que mon père était la dernière personne aux côtés de ma mère.

Le chef de table me tape sur l'épaule.

— Tout va bien ?

Il voit mon père.

— Comment allez-vous, M. Elliott ?

Il discute avec lui tandis que je me ressaisis et distribue les cartes aux joueurs qui ont gagné la manche.

— Je ne le savais pas, dis-je à mon père quand le chef s'éloigne.

— Ouais, ben, ce qui est fait est fait. On ne peut rien changer, ce sont les cartes que le destin nous a distribuées.

Je lève les yeux au ciel à son jeu de mots pourri.

— Je me suis toujours demandé, cependant, ce qu'il s'est passé entre ta mère et Alexis. Ta mère était vraiment en pétard ce soir-là.

— T'étais là. Tu ne le sais pas ?

Il hausse les épaules.

— Elles se sont crêpé le chignon. Jim et moi on fumait des cigares. J'ai pensé que les femmes allaient régler leur différend. Maintenant, je regrette de ne pas être intervenu. Ta mère a beaucoup bu ce soir-là ; elle était en colère à propos de quelque chose que lui avait dit Alexis.

Mon cerveau s'emballe. Je repense au moment où elle et moi avons commencé notre liaison. Dès que j'ai eu quinze ans, elle s'est mise à flirter avec moi, à me toucher le bras quand personne ne regardait, à m'enlacer un peu trop longtemps pour me dire bonjour.

C'était avant que ma mère ne chute et devienne un légume.

Mon père ne fait jamais rien à la légère.

— Papa, pourquoi tu parles de ça après tant d'années ?

Au début, il ne dit rien. Il étudie sa main alors que je patiente une éternité qu'il réponde.

— J'ai vu la façon dont Alexis te regarde. Tout ce que je veux, c'est le bien de mon fils. J'ai traversé une période sombre depuis l'accident de ta mère. Je m'en sors très lentement. Certaines choses sont plus claires. Je veux juste te voir heureux, c'est tout.

Je pensais que personne n'était au courant pour Alexis et moi. Il s'avère que j'ai encore sous-estimé le sens de l'observation de mon père.

Il joue quelques mains de plus, puis se lève, s'étirant le dos.

— Bon, Zach, je m'en vais. Ce n'est pas une soirée gagnante pour moi. On se revoit dans deux semaines ?

— Bien sûr. Tu comptes repasser par ici ?

— J'ai un truc en Arizona. Je reviens ensuite.

— En Arizona ?

— Ton vieux père a de bonnes amies aussi, tu sais.

Il redresse les épaules, l'air un peu penaud.

Non, je ne savais pas. C'est un scoop.

— Comment va *ton* amie, au fait ? Celle qui t'a quitté l'autre matin ?

Bien sûr, il va parler de la fuite en douce de Nessa. Mon père a beau avoir un boulot non conventionnel, il a un côté très traditionnel. Mon refus de me caser avec une fille *(jamais de la vie)* est un point de discorde. Alors ça le fait marrer que l'une d'elles ait fini par me planter. Ce n'est pas ce qui s'est passé. Le départ précipité de Nessa était un malentendu. Elle pensait que je traiterais notre relation comme n'importe quelle autre aventure, et ce n'est pas le cas.

— Je l'emmène dîner ce soir, dis-je d'un air suffisant.

Il me tapote l'épaule.

— C'est bien. À bientôt, fiston.

Je suis mon père des yeux jusqu'à la sortie tandis qu'il salue les serveuses, les barmen, et quelques croupiers. Puis j'attends que les heures passent alors qu'elles s'égrènent plus lentement qu'elles ne l'ont jamais fait dans toute ma vie. J'ai hâte de partir d'ici.

J'ai envoyé un texto à Nessa plus tôt pour m'assurer qu'elle était toujours d'accord pour ce soir. Elle a dit qu'elle avait un truc à faire avec Mira, puis qu'elle serait prête. On se retrouve après le travail, et je suis impatient de poser les mains sur elle.

Je me suis retenu hier soir, je voulais me comporter en gentleman…qui l'aurait cru, hein ? Mais ce soir… ce soir, je ne me retiens pas. Je veux vérifier que nous sommes sur la même longueur d'onde au sujet de notre relation. Et si j'arrive à mes fins, elle saura qu'elle est à moi et que je suis à elle.

Cette pensée me rend sacrément fier.

Pour la première fois depuis longtemps, ou depuis toujours, pour moi, les deux Elliott ont quelqu'un de spécial dans leur vie.

Chapitre Huit

Zach fonce chez lui prendre une douche après le service, ce qui me laisse tout juste le temps de voir Mira. J'ai demandé à partir tôt ce soir, mais Mira et d'autres cadres travaillent tard, car le casino organise une fête pour une équipe de basket professionnelle. Mira me suggère de monter à l'étage pour rencontrer la responsable du stage, car elle bosse tard aussi.

Mira essaie de me vendre le poste non rémunéré, ce qui est vraiment inutile. Je travaillerai gratuitement si cela me permet de glisser un pied dans la porte de la direction du Blue Casino. Mira gagne bien sa vie dans les bureaux et elle adore son boulot. J'accepterais sans hésiter un stage non rémunéré, à condition de pouvoir garder mes horaires de serveuse. Il faut bien faire bouillir la marmite.

Je change mon uniforme pour une robe moulante beige sans manches qui arrive à mi-cuisse et fait ressortir mes cheveux noirs. Je complète ma tenue par des sandales compensées et une veste en jean légère. Mes semelles sont plus des plateformes que des talons. Mon petit orteil va mieux et il a dégonflé, mais je ne suis pas encore prête à affronter les talons aiguilles.

Je me demande ce que penserait Zach s'il savait que je me suis vautrée en essayant de m'échapper de sa chambre le lendemain matin. C'était carrément la honte. Mais bon, vu la façon dont il m'a circonscrite à la friend zone pendant des mois, j'étais convaincue qu'il regretterait son erreur en se réveillant.

Je n'ai jamais été aussi heureuse d'avoir tort.

Hum, peut-être que si je raconte l'histoire à Zach, il embrassera mon petit orteil pour me faire du bien ? Ou des baisers à d'autres endroits ?

D'accord, il est temps que j'arrête de penser au garçon avec qui je sors *(je sors avec lui !)* pendant au moins les trente prochaines minutes, le temps de rencontrer Mira et la responsable.

Mira est à son bureau quand j'entre, pieds nus et penchée sur le côté en tapant sur son clavier.

— Toc-toc, dis-je.

Son visage s'illumine et elle range son clavier sous le bureau.

— Super, tu arrives juste à temps. Deborah allait partir.

— T'es sûre que c'est bon ? Je ne veux pas de traitement de faveur. Je peux postuler comme tout le monde.

— Ben, ouais. Tu devras envoyer ta candidature. C'est juste une présentation informelle.

Mira se lève et enfile ses escarpins, lissant sa jupe.

— Deborah va t'adorer, dit-elle.

— Et tu veux me pistonner pour le stage.

— *Absolument.*

Elle me fait un sourire machiavélique et m'embrasse.

— T'es diabolique, Mira.

— Non, juste sûre de moi. Et agressive. Ce sont des

qualités, non ? Bref, Deborah est un gourou du marketing et elle est très avant-gardiste. Le marketing social que tu as étudié à la fac va la passionner. En plus, très peu de gens qui postulent un stage ont travaillé à l'étage du casino. Tu as déjà un avantage sur les autres.

Nous parcourons les bureaux et Mira me présente à Deborah, lui parle de mon expérience en e-marketing. En effet, Deborah semble très intéressée par le stage que j'ai effectué durant mes études. Le casino va abandonner les mailings directs pour optimiser son marketing et référencement Internet, alors je tombe à pic.

Quand Mira et moi quittons le bureau de Deborah, je suis encore plus optimiste au sujet du stage. J'avais prévu de décrocher un poste similaire à la fin de mes études… rémunéré, bien sûr. Détail mineur. Travailler au Blue dans leur équipe marketing serait l'occasion parfaite d'acquérir de l'expérience auprès d'un employeur d'envergure nationale.

— Ça s'est bien passé, dit Mira, les yeux brillants d'excitation. Je serais surprise si tu n'obtenais pas le poste. Tu as l'expérience qu'ils recherchent et tu travailles ici, donc ils savent que tu es fiable.

—Je ne veux pas cultiver de faux espoirs.

Ce qui semble être un leitmotiv ces derniers temps. Vu comment les choses ont marché avec Zach, je devrais peut-être être plus confiante.

Mira passe un bras autour de mon épaule et serre si fort que mon cou craque.

— Aïe !

— Pardon, je suis tellement excitée. On a besoin de plus girl power ici. Cet endroit est envahi par les machos.

L'équipe de la direction du Blue n'a pas la meilleure des réputations, mais la plupart des gens pensent que ça s'est amélioré depuis qu'ils ont viré le type qui a causé tous les problèmes l'année dernière.

Elle jette un œil dans le couloir.

— T'as combien de temps ? Tu peux prendre quelques minutes pour venir voir un truc ? Je veux te montrer l'endroit le plus cool du casino.

Elle fronce le nez.

— Pas sûre d'avoir le droit d'emmener quelqu'un là-bas…

— Oh, mon Dieu, ne fais pas un truc qui va t'attirer des ennuis.

Elle chasse l'idée d'un revers de la main.

— Nan. Tu dois absolument voir le centre de sécurité. C'est juste là, et les gars m'adorent.

Je roule les yeux et souris.

— Tu m'étonnes qu'ils t'adorent. Je peux y aller, mais juste une seconde. J'ai rendez-vous avec Zach.

Mira pousse une lourde porte à deux battants et nous entrons dans le saint des saints. L'air crépite dans cette pièce, les murs et les tables sont blindés de matériel électronique. Il flotte même une odeur d'ordinateur, de plastique chaud et de moquette neuve.

Je regarde autour de moi en m'extasiant.

— La vache, c'est *vraiment* cool.

Plusieurs hommes et une femme sont assis devant de dizaines de minuscules moniteurs qui envoient des images de tous les angles des salles du casino.

— Viens, dit Mira. On va jeter un œil rapide.

Nous faisons le tour de la pièce, et je regarde vivre la salle de jeu et les zones du casino que je n'ai jamais vues depuis ce point d'observation indiscret. Mon regard s'arrête sur l'un des moniteurs et je plisse les yeux pour mieux voir.

Mira fait marche arrière et regarde ce qui retient à ce point mon attention.

— On dirait… ?

— Zach, dis-je, un sentiment de malaise me glaçant les sangs.

Qu'est-ce qu'il fait à un étage de l'hôtel ? Zach m'a dit qu'il passait se doucher chez lui après le boulot. Il doit venir me chercher au Blue, mais on est censés se retrouver au bar du casino.

Je ne veux pas l'espionner, mais c'est comme si j'allais assister en direct à une catastrophe ferroviaire. Je n'arrive pas à détourner le regard.

Zach frappe à une porte, et une femme ouvre. La même blonde qu'il m'a affirmé ne plus voir. Elle sourit et se jette à son cou, puis l'embrasse sur la bouche d'une façon qui n'a rien d'amical.

Je ne respire plus, mon ventre se noue.

Zach pousse la femme dans la chambre, et claque la porte derrière lui.

Noooon. Pourquoi ferait-il… ?

Mira secoue la tête.

— Zach dans toute sa splendeur. Hé, ça va ? demande-t-elle en voyant ma mine défaite.

Je déglutis, mais rien ne sort. Aucun son, pas d'air.

— Nessa.

— On peut s'en aller ? je lui demande d'une voix étranglée.

Nous ressortons. Mira m'arrête dans le couloir et pose une main douce sur mon épaule.

— Qu'est-ce qui ne va pas, Ness ?

— Je ne me sens pas bien.

Elle scrute mon visage.

— Attends-moi une minute. J'allais partir aussi. Je peux te raccompagner en voiture. Le centre de sécurité est surchauffé avec tous les moniteurs, les ordis, et… T'es sûre que tu ne vas pas t'évanouir ?

— Non. Je suis…

Pas bien. J'ai mal au cœur.

J'étreins Mira et j'appuie mon visage contre son épaule, retenant mes larmes, en vain. J'éclate en sanglots.

— Nessa ? On mon Dieu. Viens.

Elle me traîne dans son bureau. J'attends qu'elle éteigne son ordinateur et ramasse ses affaires.

Mira ne me demande pas ce qui ne va pas, mais elle ne me quitte pas des yeux en me ramenant chez moi, comme si elle avait peur que je meure ou je ne sais quoi. Je ne peux pas lui en vouloir. J'ai l'impression de mourir.

Je ne suis pas allée travailler en voiture. Teresa m'a emmenée puisque j'avais prévu de sortir avec Zach…

Des larmes coulent sur mes joues, mon menton. Je n'arrive pas à masquer ma détresse. Mon visage et mon corps ont toujours trahi mes émotions. Pour ne rien arranger, je ne suis pas jolie quand je pleure, ma peau est rouge, brûlante et marbrée.

J'essuie les larmes avec la manche de ma veste en jean. Pourquoi Zach ferait-il ça ? Je ne comprends pas. Il a eu des aventures, bien sûr, mais ce n'est pas un salaud. Il ne ment pas. Ni à moi ni à aucune autre femme que je connaisse. D'après ce que lui et ses amis m'ont dit, il a toujours été franc sur ses intentions et son incapacité à s'engager. Quand il m'a dit qu'il voulait plus avec moi, et m'a invitée à dîner ce soir… j'ai pensé… je l'ai *cru*. J'ai cru que j'avais plus d'importance à ses yeux.

Mais il a menti en prétendant que c'était fini avec cette femme.

Mira se gare devant le chalet qu'elle partage avec Tyler. Il est devant son ordinateur quand nous entrons, mais il s'arrête d'écrire et se lève pour embrasser tendrement

Mira. Il me regarde et ses sourcils se rapprochent. Il chuchote quelques mots à Mira, qui secoue la tête. L'instant d'après, Tyler grimpe à l'échelle de la mezzanine et Mira me tend un jogging et un sweat-shirt.

— Enfile ça, dit-elle.

Je fixe les vêtements.

— Je devrais rentrer chez moi.

— Nan. Tu restes avec moi. On fait une soirée entre filles.

Il est souvent plus simple d'obéir à Mira que de discuter, et là, je n'ai vraiment pas la force de lutter. Je mets le jogging.

Mira se change aussi, et apporte un paquet de chips et des sodas.

— C'est la seule bouffe merdique à la maison en ce moment, dit-elle en tirant sur ma manche jusqu'à ce que je m'asseye à côté d'elle. Maintenant, dis-moi ce qui se passe, Nessa. Et ne dis pas que ce n'est rien. Quelque chose ne va vraiment pas. C'était les caméras de surveillance ? *Zach* ? Tu t'es sentie mal au moment où on l'a vu entrer dans la suite de cette femme. Ça t'a contrariée ? Est-ce que vous avez… ?

— Non.

Je croyais que notre histoire était différente, mais j'étais idiote de le penser.

Rien n'a changé entre Zach et moi. Et il est inutile de dire que j'ai été stupide de penser le contraire. Je me sens déjà assez ridicule comme ça.

Mon téléphone vrombit dans mon sac, faisant vibrer le canapé. Je le sors. C'est un appel manqué de Zach.

Il vibre à nouveau, un appel entrant. Il me rappelle.

Je me lève et me dirige vers la porte de derrière et sors du chalet.

— Allô ?

— Ness, où es-tu ? Je pensais que tu aurais fini à cette heure. T'es toujours avec Mira ?

— Ouais.

— Très bien. Tu penses en avoir pour combien de temps ? Je te commande un verre ?

— Où étais-tu ce soir, Zach ?

— Comment ça ? Je bossais.

— Après le travail. Où es-tu allée ?

J'ai l'air d'une chieuse qui insiste pour avoir des réponses, mais j'ai besoin de l'entendre me le dire.

— Je suis allé me changer chez moi. Nessa, qu'est-ce qu'il y a ? T'as l'air contrariée.

— Qu'as-tu fait en revenant au casino ?

Silence. Puis :

— Je t'ai attendue.

— Tu n'as rendu visite à personne ?

— Où tu veux en venir ?

Son ton est grave et sérieux.

— Je t'ai vu avec elle. La femme que tu prétendais ne plus voir.

Il soupire.

— Comment as-tu… Peu importe. Ce n'est pas ce que tu penses.

— On ne peut plus être amis, Zach.

— *Quoi* ? Nessa, c'est du délire. Laisse-moi t'expliquer.

— Tu l'as embrassée ce soir ?

— Putain, ça ne s'est pas passé comme ça.

— As-tu, oui ou non, collé ta bouche sur la sienne et l'as-tu poussée dans la chambre ?

— Je… oui, mais ce n'est pas ce que tu crois.

— Au revoir, Zach.

Je raccroche et j'éteins mon téléphone pour ne pas être tentée de répondre à nouveau.

Je ne comprends pas pourquoi il me fait marcher et

agit comme s'il voulait une relation sérieuse. Lui ai-je laissé croire que je serais d'accord pour qu'il me trompe avec d'autres femmes ? Tous les coups sont permis, mais je me suis assurée qu'il ne voyait personne avant d'accepter de sortir avec lui.

Pourquoi ai-je pensé que les choses seraient différentes entre nous ? Zach n'a jamais eu de petite amie. J'aurais dû me douter que ça arriverait. Mais je l'ai attendu pendant si longtemps. Je voulais avoir une chance de prouver que notre histoire n'était pas comme les autres.

Comment ai-je pu me tromper à ce point ?

J'inspire l'air frais du soir et m'assieds sur les marches du patio. Le jardin de Tyler et Mira n'est pas paysager. Il y a juste une dalle de béton carrée au milieu d'arbres, de terre et d'aiguilles de pin.

J'ai toujours aimé leur jardin. Il est pur. Vrai. Contrairement au garçon que j'aime.

J'ai fini de me pleurer Zach. Il n'est capable d'avoir que des aventures sans lendemain. Même si ce qu'on a vécu semblait prometteur. Semblait vrai.

Je ramène les genoux sous le menton et cache ma tête dans mes bras, les larmes ruisselant sur mon visage. Ma tête et mon cœur n'ont jamais été autant en conflit.

Chapitre Neuf

Je savais que ma relation avec Alexis me retomberait sur la tronche un jour. Je ne pouvais pas avoir une liaison aussi malsaine sans que l'univers me le fasse payer. Maintenant que mes chances avec Nessa sont compromises, je regrette que ma gueule de quinze ans n'ait pas repoussé Alexis quand elle a commencé à me draguer.

Je sors en trombe du casino. C'est ma faute. Je n'aurais jamais dû répondre à ce mot qu'Alexis m'a fait passer. Si je suis monté dans sa chambre, c'est uniquement à cause des remarques de mon père tout à l'heure. Je voulais savoir ce qui s'était passé la nuit où la vie de ma mère a basculé.

Alexis m'avait menti. Enfin, menti par omission. Elle ne m'a jamais dit qu'elle était présente le soir de la chute de ma mère.

J'ai frappé à la porte de sa suite, déterminé à obtenir des réponses, mais avant que j'aie le temps de dire ouf, elle m'enlaçait et collait sa bouche sur la mienne.

Au milieu de ce foutu couloir.

Je l'ai poussée dans la chambre.

— *Qu'est-ce qui te prend ?*

— *Tu es venu, a-t-elle dit. Je savais que tu ne pourrais pas rester longtemps loin de moi.*

J'ai passé une main dans mes cheveux et soupiré de frustration.

— *Je pensais avoir été clair, Alexis. Une liaison avec toi ne m'intéresse plus.*

— *Oh vraiment ? Alors pourquoi tu es venu ? Arrête de lutter contre ton attirance, Zach. On fera toujours partie de la vie de l'autre. Tu seras toujours mon amant.*

Comment ai-je fait pour ne pas voir sa tendance malsaine au harcèlement ? Cette femme était en train de perdre la tête.

J'aurais dû partir tout de suite, mais j'étais venu chercher des réponses.

— *Que s'est-il passé le soir de la chute de ma mère ? Pourquoi vous vous disputiez ?*

Alexis a regardé ailleurs

— *De quoi tu parles ?*

— *Mon père dit que maman et toi vous vous êtes disputées et que c'est pour ça qu'elle a trop bu. As-tu quelque chose à voir avec son accident ? ai-je dit en m'approchant d'elle. Et ne t'avise pas de mentir. Je le verrai tout de suite.*

Alexis est peut-être une personne horrible, mais elle ne sait pas mentir. Ses doigts la trahissent. Elle va tripoter un pendentif, l'ourlet de son chemisier, tout ce qui lui tombe sous la main. C'est pour ça qu'elle ne joue jamais au poker. Elle ne peut pas bluffer.

Ses yeux se sont arrondis.

— *Non. Je te jure. Je n'ai rien à voir avec sa chute.*

— *Alors pourquoi ma mère était-elle bouleversée ce soir-là ?*

Elle a détourné à nouveau le regard, comme si elle était nerveuse.

— *Elle n'aimait pas qu'on soit devenus si proches. Elle ne nous comprenait pas, Zach.*

Soudain, mes épaules m'ont fait l'effet d'être des blocs de ciment.

— *Alors l'accident de maman est ma faute.*

Alexis m'a saisi le bras.

— *Ce n'est pas ta faute. C'est la faute de personne. Ta mère a trébuché en haut des escaliers et elle a fait une mauvaise chute. On s'est disputées ce soir-là, mais c'était mon amie. Je n'ai jamais souhaité qu'il lui arrive malheur. Je ne l'ai pas poussée, si c'est ton interrogation. J'étais en bas de l'escalier.*

J'ai dégagé la main d'Alexis et j'ai marché jusqu'à la baie vitrée donnant sur le lac aux eaux les plus claires du monde. Étonnant de pouvoir regarder un paysage si beau en étant entouré de tant de laideur. Alexis n'avait peut-être pas poussé ma mère dans l'escalier, mais ce qu'elle et moi faisions avait fait souffrir ma mère, et notre relation avait été l'objet de ses dernières pensées cohérentes.

J'ai senti Alexis approcher dans mon dos.

— *Notre relation est particulière. Ta mère ne l'a pas compris.*

— *Notre relation était répugnante, ai-je craché par-dessus mon épaule avant de me tourner brusquement vers elle. Je ne veux plus rien avoir à faire avec toi. Si tu t'approches encore de moi, de mon lieu de travail, de ma maison, j'irai voir la police et je leur dirai que tu m'as violé quand j'avais seize ans.*

— *C'est ridicule. Tu le voulais aussi.*

— *Vraiment ? J'étais un môme qui pleurait sa mère. J'étais vulnérable et tu en as profité. Si je ne suis pas allé voir la police avant, c'est uniquement parce que je me sentais partiellement responsable, mais je ne laisserai plus la culpabilité m'arrêter. Et si tu penses pouvoir t'attaquer à un autre mineur, réfléchis bien. Si tu t'approches de moi ou de ma copine, ou si j'entends la moindre rumeur à propos de toi et d'un jeune, je porterai plainte et j'apporterai des preuves. Considère ça comme un avertissement.*

— *Quelles preuves ?*

Je l'ai foudroyée du regard.

— *Les e-mails ? Si tu les as gardés, ils prouvent juste que tu voulais aussi coucher avec moi. Et il n'y a jamais eu d'autres jeunes hommes, aussi jeunes que toi, corrigea-t-elle. Tu étais unique. Tu es unique.*

— Tu es malade, Alexis. Fais-toi soigner. Et n'oublie pas mon avertissement. Tu sais que je ne joue jamais. Je ne bluffe pas.

— Zach !

Alexis m'a appelé quand j'ai franchi la porte. Je l'ai regardée avec haine, et son visage s'est déconfit. Elle s'est étreint la poitrine, les lèvres pincées.

— Tu reviendras vers moi, et je t'attendrai.

— Non Alexis, je ne reviendrai pas.

Je suis parti sans me retourner.

Dès que je suis sorti de l'ascenseur de l'hôtel, j'ai cherché Nessa à l'étage du casino. Personne ne l'avait vue depuis plus d'une heure. J'ai attendu encore un peu, puis j'ai appelé, et découvert qu'elle savait pour Alexis et le baiser dans le couloir.

Elle savait *putain*. Comment l'a-t-elle appris ?

Ça n'avait pas d'importance. Je venais de gâcher la plus belle histoire de ma vie.

***

Nessa

JE FROTTE les larmes séchées sur mon visage. Cela fait presque une demi-heure que j'ai raccroché le téléphone avec Zach, et Mira n'est pas venue me chercher, Dieu merci. Elle me laisse de l'air.

Zach avait peut-être une bonne raison de voir cette femme ce soir, mais quelle raison pouvait-il avoir de l'embrasser ?

J'en ai tellement marre d'être amoureuse de lui sans que ce soit réciproque. Il ne me voit pas comme je le vois, et il est temps de renoncer à l'idée que ça pourrait changer. La nuit que nous avons passée ensemble était l'une des plus belles de ma vie, mais je dois l'enfermer dans une boîte et l'oublier.

Mon estomac se noue. J'appuie sur le point douloureux une dernière fois avant de me lever. J'inspire à fond, je coince mes cheveux derrière l'oreille et j'ouvre la porte donnant sur le salon.

Mira, sur le canapé, m'observe quand j'entre.

— Ness… dit-elle, me questionnant du regard.

— Tu veux bien qu'on n'en parle pas maintenant ?

Je me sens trop mal pour raconter à quel point j'ai été naïve de croire que Zach avait des sentiments pour moi.

Elle opine et je m'assieds à côté d'elle. Elle allume la télévision et nous regardons une émission de télé-réalité. Je ne sais même pas laquelle. Mon cerveau est engourdi, tandis que mon corps oscille entre douleur et nausée.

On frappe à la porte. Mira me regarde. Je secoue la tête.

— Pas pour moi, dis-je en fixant la télé d'un œil vide.

Elle se lève pour aller ouvrir. C'est Zach. Il porte un jean noir et une chemise classe, les manches roulées aux coudes. Il est beau, mais ses yeux sont nerveux et inquiets.

Sa présence me coupe le souffle. Mon corps entier frémit d'impatience.

Maudit soit mon corps.

Comment puis-je passer de la douleur intense à l'impatience frémissante en un quart de seconde ? Mes sens sont exacerbés quand il est près de moi. Depuis toujours.

J'ai envie de courir me cacher.

J'ai envie de blottir mon visage contre sa poitrine et qu'il me serre dans ses bras.

Je suis un désastre ambulant.

Zach reste sur le seuil de la porte.

— Nessa, je peux te parler ?

Mira s'avance au centre de la pièce.

— Je vais aller…

Elle regarde à gauche, à droite, mais la bicoque où elle vit avec Tyler est minuscule. La chambre se trouve à côté du salon, et les murs sont fins. Il n'y a aucun endroit où elle peut aller qui nous donnerait de l'intimité.

— Tu veux bien faire un tour en voiture ? demande Zach.

J'acquiesce. Je ne pense pas que ce soit une bonne idée d'être seule avec lui. Je ne veux pas me laisser convaincre parce que mon cœur est trop faible pour se battre. Je veux garder la tête froide pour une fois, et maintenir une distance entre nous est crucial. Mais il a raison. Il n'y a pas assez de place ici pour laver notre linge sale sans que Mira et Tyler entendent.

Je ramasse mon sac à main et glisse mes pieds dans les sandales nude que je portais pour aller chez Mira. Je suis toujours en jogging et sweat-shirt, mais je m'en fous. Zach m'a vue dans des tenues pires. Et même toute nue. *Mon Dieu.*

Il pose la main au creux de mon dos et m'accompagne jusqu'à son 4x4, m'ouvre la portière. C'est un geste galant et ça me fout hors de moi. Il ne m'aide pas à résoudre le conflit entre mon cœur et ma raison.

— Je suis désolé, Ness, dit-il une fois sur la route principale. J'aurais dû te dire ce qui s'est passé avec Alexis. Je pensais pouvoir l'ignorer, que ça ne nous affecterait pas, mais j'avais tort. Je ne veux rien te cacher.

Il me jette un coup d'œil et mon fichu cœur s'emballe. Mon cerveau canarde toutes sortes de messages à l'eau de rose sur la sincérité de son regard. Ce qui veut dire que je suis dans la mouise. Le cœur et la raison ne peuvent pas être sur la même longueur d'onde si je veux mettre un terme à ce qui ne peut être qu'une histoire d'amour douloureuse et unilatérale.

— Rien de ce que tu diras ne pourra me faire changer d'avis, Zach. Même si c'était juste un baiser, tu m'as promis que c'était fini avec cette femme, et visiblement, ce n'est pas le cas.

J'ai beau mourir d'envie d'être avec lui, je ne supporterai pas ces conneries.

— Tu ne connais pas toute l'histoire. Je l'ai repoussée dès qu'on était dans sa chambre. Je lui ai redit, *encore une fois*, que c'était fini.

Il laisse échapper un profond soupir.

— Quand j'ai commencé à voir Alexis, j'étais jeune et vulnérable. J'assume la responsabilité de m'être engagé dans une liaison que je savais malsaine. Cette relation a duré bien trop longtemps, mais je ne te raconte pas d'histoires quand je te dis que c'est fini. Pour moi, ça l'est.

Il se gare dans une allée et coupe le moteur. Je me rends compte que nous sommes devant chez lui.

— Nessa… Alexis et toutes les autres appartiennent à mon passé. Je veux que tu sois mon avenir. Je ne te mérite pas, mais je te veux. Ce que tu as vu ce soir, c'est le refus d'Alexis d'accepter la réalité. Je l'ai convaincue de me lâcher. Et si elle ne le fait pas, j'irai voir la police parce que j'en ai marre de ses conneries.

— De quoi tu parles ?

— Si je suis allé dans la chambre d'Alexis tout à l'heure, c'est uniquement pour obtenir des réponses sur l'accident de ma mère. Je viens d'apprendre qu'elle était là le soir où ma mère a chuté. Mais Alexis a fait ce qu'elle fait toujours et a profité de la situation. Je l'ai connue presque toute ma vie, et je ne veux plus jamais la voir. C'est la vérité.

Il pousse un gros soupir.

— Dès l'instant où on s'est embrassés, Ness, je t'ai considérée comme ma petite amie. Je t'ai toujours considérée comme mienne. J'ai failli rentrer dans le lard de ce Sal quand il voulait sortir avec toi.

— Ce n'est pas ce que Sal…

— Si, crois-moi, je sais comment les hommes pensent. Et si un mec a ne serait-ce qu'une fraction des sentiments que j'ai pour toi, il essaiera de les masquer. Je sais que c'est absurde que tu n'aies jamais perçu mes sentiments pour toi, mais je t'ai toujours aimée. Seulement, j'avais trop peur de tout foutre en l'air pour tenter quoi que ce soit. J'ai perdu beaucoup de temps, mais je t'aime, Nessa. Je suis amoureux de toi depuis longtemps. Tu es la plus belle personne de ma vie. S'il te plaît… Seigneur, dit-il en penchant sa tête en arrière avec angoisse, s'il te plaît, donne-nous une autre chance.

Je ne suis pas ravie qu'il ait attendu si longtemps. Pas ravie que cette Alexis veuille s'accrocher à lui. Mais pour une fois, mon cœur et ma raison sont en parfait accord.

Je lui tends la main, et il m'enlace la taille et me tire vers lui, me serrant aussi fort qu'il peut malgré l'accoudoir entre nous.

Il m'embrasse les joues, les paupières.

— Je suis désolé, j'aurais dû te dire plus tôt ce qui s'est passé ce soir. J'aurais dû tout te dire. J'ai eu peur de te perdre.

Je m'écarte.

— Tu n'arrêtes pas de dire que tu ne me mérites pas, mais tu mérites d'être heureux, Zach, même si c'est avec une autre. Mais je suis heureuse que tu m'aies choisie.

Je souris et il m'embrasse passionnément en me câlinant, ce que j'adore chez lui.

— Je te choisirai toujours, murmure-t-il entre deux baisers.

— Je t'aime aussi, mais merde, tu m'as fait attendre super longtemps.

Je sens son sourire dans mon cou.

— T'as le droit de me punir, dès maintenant. Tout ce que tu veux pourvu qu'on soit ensemble.

Il lève la tête et m'embrasse jusqu'à ce que je n'arrive plus à respirer. Je n'en ai même pas envie. Qui a besoin d'oxygène pour son cerveau quand son cœur sait depuis le début qu'il a raison ? Je n'aurais jamais dû douter de mon cœur.

Mon cœur est un génie.

Chapitre Dix

Deborah, la directrice marketing du Blue Casino, ainsi que Hayden, la patronne de Mira, et Adam Cade, un responsable de l'hôtellerie, sont assis derrière une longue table pour mon entretien au sujet du stage de marketing. Je flipperais comme une malade si ce n'était pas aussi divertissant.

— Donc, Nessa, dit Hayden. Tu indiques dans ton CV que tu étais responsable des réseaux sociaux de l'université durant ta dernière année d'études. C'est bien ça ?

J'acquiesce et elle tourne le dos à Adam, le corps orienté vers Deborah.

— On cherche quelqu'un pour nous aider sur les médias sociaux. C'est un gros travail. À lui seul, ça peut occuper tout le stage.

— J'ai l'habitude des réseaux sociaux. J'avais un système pour les gérer en même temps à l'université. Je pense pouvoir m'en occuper et avoir encore du temps pour d'autres projets.

Adam se penche et appuie ses avant-bras sur la table,

donnant au passage un coup de coude à Hayden qu'il force à se décaler.

— L'hôtellerie va travailler en étroite collaboration avec le service marketing cette année. La gestion efficace des médias sociaux est essentielle si le stagiaire doit assister aux réunions et faciliter la communication entre les deux services.

La bouche de Hayden se pince.

— Adam, il ne s'agit pas d'un stage dans l'hôtellerie. Le ou la stagiaire ne sera pas sous tes ordres.

La lèvre d'Adam frémit.

— Bien sûr, Hayden. C'est toi la patronne.

Elle le fusille du regard.

Deborah les observe, puis lève discrètement les yeux au ciel.

— Adam a raison. Au rythme où le business se développe, un stagiaire capable d'aider à combler le fossé de la communication entre les différents services serait un atout.

Hayden redresse les épaules, heurtant le bras d'Adam. Mais au lieu de bouger pour lui donner de l'espace, il se penche vers elle, sa jambe frôlant la sienne sous la table.

Hayden devient écarlate.

Les cadres sont tellement plus divertissants que les employés du casino. C'est comme regarder une émission de télé-réalité grivoise.

— Eh bien, je pense que nous avons les informations dont on a besoin, dit Deborah, interrompant leur bataille non verbale.

Hayden me demande si j'ai d'autres questions, puis termine l'entretien.

— Comment ça s'est passé ? demande Mira quand j'entre dans son bureau quelques minutes plus tard.

— Bien, je crois.

Je hausse les sourcils et souris jusqu'aux oreilles.

— Quelle mine réjouie ! C'était si bien que ça ?

Maintenant que Zach et moi sortons officiellement ensemble depuis quelques semaines, et qu'il n'y a plus de tension ou d'incertitude entre nous, c'est plus facile de rire et de trouver la vie joyeuse.

Je referme la porte en silence et m'assieds dans le fauteuil devant son bureau.

— L'entretien s'est super bien passé, mais… c'est quoi l'histoire entre Hayden et Adam ?

— Oh non, ils se sont bouffé le nez ?

— Si on veut. Mais tant mieux, parce que les voir s'asticoter m'a empêchée d'être nerveuse.

Mira secoue la tête.

— Ils auraient besoin de s'envoyer en l'air, mais c'est tabou parce qu'elle est sa patronne et qu'il a un balai dans le cul, ce qui fait qu'ils…

Elle imite les griffes avec ses doigts et pousse un grognement.

— *Ouah.*

Mira hausse les épaules.

— Exactement. Ils me tuent. J'essaie de passer entre les balles.

On gratte à la porte, et Hayden apparaît la seconde d'après.

— Oh, Nessa. Je voulais parler à Mira, mais je suis contente que tu sois encore là. Tu as une minute ?

— Bien sûr.

Je me lève en me demandant si je dois lui offrir ma place. C'est le seul siège à part celui de Mira. Je me contente de rester debout, nerveusement.

— Bon, dit-elle en souriant. J'ai discuté avec mes collègues et… tu as le stage. À l'unanimité. On est très heureux de t'avoir parmi nous. En fait, Adam et Deborah sont impatients que tu commences. On est à la bourre sur pas mal de chantiers et on aurait vraiment besoin de quelqu'un avec tes compétences.

— Oh mon Dieu, *merci*. Eh oui, déchargez-vous sur moi. Je peux commencer quand vous voulez.

Elle jubile.

— Excellent. Je t'appellerai cette semaine pour discuter des horaires. Je crois savoir que tu travailles au Blue comme serveuse. Il ne devrait pas y avoir de problème à travailler en dehors de ton service si tu penses pouvoir t'engager pour trois ou quatre heures l'après-midi ?

— Oui, sans problème.

Adam passe dans le couloir et je jure que le dos de Hayden se tend. Comme si elle le sentait, elle jette un coup d'œil par-dessus son épaule, puis nous sourit avec raideur.

— Merveilleux. On se tient au courant.

Elle part dans la direction opposée.

Mira se lève et referme la porte derrière sa boss.

— Oh, mon Dieu, oh mon Dieu !

— Je l'ai eu ! je glapis.

J'ai des crampes à la mâchoire tellement je souris.

Zach

Je ne sais pas pourquoi je suis nerveux. Ce n'est pas moi qui passe un entretien d'embauche. Mais c'est ma copine, dans les bureaux du Blue, face à des gros bonnets. Je ne veux pas qu'elle soit déçue.

Voilà, c'est pour ça que j'avais peur de prendre le risque de sortir avec Nessa. Je veux la protéger au maximum. Et l'aimer. L'aimer physiquement aussi, parce que bon sang, c'est chouette. Mon esprit dérive vers la nuit dernière et la position que nous avons adoptée dans le jacuzzi. Il faut qu'on le refasse. Bientôt. Le jacuzzi est devenu mon nouveau lieu de prédilection pour passer du temps avec Nessa.

Je secoue la tête. Je ne fais que penser à ma copine.

Ma copine. J'aime comme ça sonne. Elle est à moi, je suis à elle et c'est tout. Je souris en préparant le poulet pour les tacos de ce soir. Tout le monde vient pour notre dîner hebdomadaire. Plus de nanas malades qui retiennent leur mec à la maison, et plus d'obligations professionnelles. Je sais de source sûre qu'il n'y a pas d'événement au Blue ce soir, donc Mira n'a aucune raison de faire faux bond. Même Tyler a fini ses corrections et il sera là.

Toute la bande se retrouve. Ce sera la première fois qu'on est tous ensemble depuis que Nessa et moi sommes en couple.

Certains des gars m'ont demandé ce qui se passait. Ils ont des soupçons, surtout depuis que je suis allé chercher Nessa chez Mira et Tyler et que je ne l'ai jamais ramenée. Mira ne m'a jamais dit le fin mot de l'histoire. Et même si je me fiche de savoir qui sait que Nessa et moi sommes ensemble, je n'ai pas envie de raconter en détail ce qui s'est passé. Nessa est la fille que j'aime. C'est tout ce qu'ils ont besoin de savoir.

La porte s'ouvre en grinçant et je me retourne. Nessa pose son sac à main sur une des chaises du salon et s'avance pour me serrer dans ses bras.

— Hum, ça fait du bien, dit-elle.

Elle sait que je meurs d'envie de savoir comment s'est passé l'entretien. Elle me laisse mijoter, la petite coquine. Je lui empoigne les fesses.

— Alors ? Comment ça s'est passé ?

Elle se retourne pour piquer du fromage râpé sur le comptoir et le fourrer dans sa bouche. Je la regarde mâcher, sa langue rose et humide lèche un petit morceau sur sa lèvre pulpeuse.

Je la plaque contre moi.

— Tu ferais mieux de me donner la version abrégée, parce que te regarder manger… ça me donne des idées. On a des choses à faire avant l'arrivée de nos amis.

Je remue les sourcils.

Elle palpe mon érection.

— Je l'ai.

Mon cerveau se bloque.

— Tu l'as ?

Mon érection : oui, oui, elle l'a. Je me penche et embrasse la peau douce de son cou.

— Quoi, bébé ? Moi ? Oui, mais tu le sais déjà.

Elle commence à déboutonner le haut de son chemisier blanc, glissé dans une jupe fourreau marron qui accentue la beauté de ses courbes. Je le tire de la jupe pour m'attaquer à sa fermeture.

— Le stage, susurre-t-elle.

Je fais glisser le chemisier sur ses bras et je lui enlève.

— Tu l'as ?

Elle sourit et je lui fais un câlin d'ours, en faisant attention de ne pas l'écraser. Ma mignonne est menue et je ne veux pas la blesser.

— Félicitations. Je n'en doutais pas, bien sûr. Il était évident que tu aurais le poste. Qui ne voudrait pas de toi ?

Elle sourit et se penche vers mon oreille.

— Bon, où en étions-nous ? murmure-t-elle et je sens qu'elle relève mon t-shirt.

Je le passe par la tête et me débarrasse de mon pantalon. J'enlève une ceinture qu'elle a attachée autour de sa taille, sans doute très à la mode, mais qui ressemble à une écharpe de samouraï pour moi, et je remonte sa jupe, puis je la soulève dans mes bras.

— Ils arrivent dans une demi-heure, mais tu mérites un peu de plaisir après une telle victoire, alors on a intérêt à se magner.

Elle rigole et enroule les jambes autour de ma taille tandis que je cours dans le couloir jusqu'à la chambre. Je fais un saut de carpe et j'atterris à l'envers sur lit, Nessa au-dessus de moi.

— Ahhh ! crie-t-elle en rebondissant sur moi…boum, pile au bon endroit.

Je lui prends la bouche et je l'embrasse en glissant la main le long de sa jambe jusqu'au point sensible auquel j'ai pensé toute l'après-midi. Merde, ma copine est tellement sexy.

Nessa s'assied et retire sa culotte, la jupe tirebou-chonnée autour de la taille. Elle tire sur mon caleçon. Je soulève le bassin pour qu'elle le descende plus bas. L'air froid de la clim atteint mon érection, puis son corps doux et chaud me recouvre.

Je gémis. L'imbrication parfaite de nos corps est une chose qui me fascinera toujours. Nous sommes faits l'un pour l'autre. Depuis le début. Dans tous les sens du terme. J'avais simplement trop peur du bonheur.

Alors que je pense à toutes les façons dont j'aime et je veux aimer Nessa, mon rythme cardiaque s'accélère et ma pression sanguine pulse dans mon aine. Elle m'excite telle-ment que ça pourrait être fini dans deux minutes si je ne fais pas attention ; d'accord, une minute si je suis honnête, mais ça n'arrivera pas.

Je la bascule sur le dos et descends le long de son corps, dégrafant le joli soutien-gorge lavande qu'elle cachait, la vilaine, sous son chemisier de boulot. J'embrasse un sein, puis l'autre, et mes paumes prennent le relais. Je débou-tonne sa jupe, songe à la retirer, puis décide que c'est trop compliqué, que j'ai mieux à faire.

Mes yeux s'attardent sur ses jolies gambettes et la zone que je considère comme mon jardin d'éden personnel. Je saisis l'arrière de ses cuisses, lui relève les jambes et lèche son écrin.

Elle gémit. Je recommence plusieurs fois, savourant les petits bruits qu'elle fait, mais ça ne suffit pas. Je veux lui faire perdre la tête.

Je la pénètre d'un doigt et trouve le point que j'ai découvert l'autre jour et qu'elle aime beaucoup.

Sa respiration se hache.

— Zach, gémit-elle d'un souffle rauque et sexy à mort.

Je ne m'arrête pas. Ma bouche, mes mains la touchent partout, lui donnent du plaisir et l'aiment jusqu'à ce qu'elle crie, que son corps convulse et qu'elle serre un oreiller sur son visage.

Elle le jette sur le côté et expulse une mèche de cheveux de sa bouche.

— Aaah… j'peux plus parler.

J'embrasse l'intérieur de sa jambe et je remonte le long de son corps.

— Pas besoin de parler. Laisse-moi faire.

Une lueur lubrique brille dans ses yeux et elle s'assied à califourchon sur mes genoux. Avant que je comprenne quelle position elle veut adopter, je suis en elle et elle s'empale sur moi, mes jambes coincées sous nous. Cela pourrait se terminer par une sacrée crampe à la jambe, mais je préférais perdre une guibole que de m'arrêter.

Je lui empoigne les fesses et j'embrasse ses jolis seins qui se balancent devant mon visage ; la vue la plus sexy du monde. Comme prévu, je jouis vite et fort, et si je ne me trompe pas, elle aussi parce que je la sens se contracter autour de moi comme pour me traire jusqu'à la dernière goutte. Et vous savez quoi ? Elle peut tout prendre. Je veux lui donner tout ce que j'ai et plus encore.

Nos respirations sont irrégulières alors que je déplie mes jambes, Nessa toujours à califourchon sur moi, nichée sur mes genoux.

Je roule sur le côté en l'embarquant avec moi.

Elle se tourne et je la câline en cuillère par-derrière. Je pourrais facilement m'endormir.

Nessa se retourne et me claque les fesses.

— Ne t'endors pas. Ils vont bientôt arriver.

Elle se lève, son joli petit derrière se dandinant en allant vers la salle de bains.

— Où tu vas ? je croasse.

— Prendre une douche, Zach. Sans blague, ne t'endors pas. C'est toi qui nous nourris.

C'est vrai. Aucun de mes potes ne sait cuisiner. Faut que ça change. Ils me privent de précieuses minutes avec ma copine.

Je pourrais m'endormir, ne pas avoir envie de me lever et de cuisiner pour mes potes, mais vous savez quoi ? C'est un problème agréable.

Nessa est mon rayon de soleil, cet éclair qui m'a fait tomber à la renverse quand je l'ai rencontrée. Je n'ai jamais pensé que j'étais digne d'elle, et pourtant c'est le cas. Je me suis enfin accroché à sa lumière, et il n'y a rien de mieux que de partager ma vie avec elle. Parce que je suis celui qui va prendre soin d'elle et l'aimer plus qu'aucun homme n'a jamais aimé une femme. Il est possible que je la fasse rager de temps en temps, mais je ne lui donnerai jamais une raison de douter de ma dévotion.

Je lui donne tout… tout de moi.

Épilogue

ZACH

J e m'arrête devant la petite maison décrépite en grès rouge près de l'ancien appartement de Nessa. Deux portes d'entrée donnent sur la rue, un auvent en pente pour les voitures sépare les deux unités.

— Alors ? Qu'est-ce que t'en penses ?

— C'est…

Nessa incline la tête pour l'observer sous un autre angle.

— Un taudis, dis-je à sa place. Mais je vais faire des travaux. Tu ne trouves pas qu'elle a du potentiel ? Avec la façade repeinte et un jardin paysager ?

Alexis n'a pas essayé de me contacter depuis qu'elle m'a embrassé dans le couloir de l'hôtel, et je ne l'ai pas vue au casino. Je pense qu'elle me prend enfin au sérieux, Dieu merci. Je ne veux pas aller voir la police, mais je le ferai si elle essaie encore de m'atteindre. Maintenant que j'ai Nessa, je veux juste continuer à construire notre vie ensemble. Rien ne m'a jamais semblé aussi naturel.

Nessa me sourit.

— C'est génial. Et je vais t'aider. On va faire des

travaux de rénovation. En plus, je parie que toute la bande va nous aider.

Ça, c'est une idée. Il serait temps que mes amis pique-assiette mettent la main à la pâte. Ils utilisent ma cuisine comme leur cantine depuis des années.

— Je les appellerai cet après-midi. Le séquestre est levé dans deux semaines, et si tout se goupille bien, on pourra commencer les rénovations rapidement. Plus vite les travaux débuteront, plus vite je pourrai la louer.

Je rêve d'être propriétaire de plusieurs maisons et de vivre des loyers. Ce n'est pas pour tout de suite, mais c'est un début. Posséder des biens immobiliers me donne la sécurité financière dont j'ai besoin, et travailler au Blue avec Nessa pendant que je construis mon empire me permet de passer plus de temps avec elle.

Le Blue est sur le point de l'employer à temps plein au service marketing. Elle n'y est que depuis quelques mois, mais elle déchire tellement qu'ils ont déjà transformé son stage en emploi à temps partiel.

— Lewis a un tas de graviers en trop dans sa cour maintenant que son jardin paysager est fini, dit Nessa. Je me demande s'il te donnerait le reste ? Oh mon Dieu, et tu pourrais demander à Jaeger de faire de jolis volets en bois avec des pins sculptés sur les panneaux. Ça va être telle-ment adorable ! On pourrait même faire une soirée peinture.

Je l'attrape et j'écrase ma bouche contre la sienne.

— Une soirée peinture seins nus ?

— Avec nos potes ?

— Oh, non. Avant l'arrivée de nos potes. Une prépara-tion seins nus de la soirée peinture, où on ne serait que tous les deux. Tout ce que j'aime.

Je n'ai rien dit à Nessa, parce que je ne veux pas lui faire peur, mais si je ressens cette urgence de posséder des biens, c'est parce que je veux pouvoir subvenir à nos besoins. Si Nessa veut travailler, je la soutiens totalement. Mais je veux être capable de m'occuper d'elle, quelle que soit la situation. C'est important pour moi.

Elle secoue la tête en signe d'exaspération, mais elle arbore un sourire coquin.

— Animation seins nus et jacuzzi après la soirée peinture ?

— Vendu.

Amis lecteurs,

J'espère que vous avez aimé l'histoire de Nessa et Zach dans *Jamais avec ton meilleur ami* !

Avez-vous envie de savoir comment Hayden va faire rentrer dans le rang les mauvais garçons du Blue Casino dans le dernier volume de la série *Jamais avec lui* ? Ou peut-être êtes-vous curieux de faire la connaissance du nouveau collègue sexy de Hayden, Adam, et découvrir son rôle dans la bande de vieux copains du Blue ?

Lisez ***Jamais avec ton ennemi***, le dernier livre de la série *Jamais avec lui* !

Bises,

Jules

EXTRAIT : Jamais avec ton ennemi

Cette merdeux. Il a eu la promotion ?

Je relis l'email, le nez sur l'écran. Adam Cade est au Blue Casino depuis neuf mois seulement, il a été embauché comme assistant de la directrice de l'hôtellerie. Et maintenant, il la remplace ?

Je respire plusieurs fois à fond, le visage chauffé à blanc. Promouvoir Adam à la direction de l'hôtellerie va gonfler l'ego de ce beau gosse dans des proportions édifiantes. Il était surqualifié pour le poste initial d'assistant, mais quand même. Je pose le front sur mon bureau et le frappe plusieurs fois sur le bois, mon souffle brûlant glissant sur la surface lisse. Ça signifie qu'Adam et moi sommes au même niveau. *Censés travailler main dans la main…*

On toque à la porte. Je lève rapidement les yeux. Quelles sont les chances que ce soit Adam ?

Vu son don pour m'exaspérer ? Élevées.

Je range mon clavier et me lève, regardant la vue au loin par la fenêtre. Les montagnes du lac Tahoe, l'eau d'un bleu intense, ce sont vers elles que je me tourne quand tout s'écroule. Et jusqu'à récemment, je les avais laissées derrière moi.

La promotion d'Adam n'est qu'un épiphénomène qui vient s'ajouter au tas d'emmerdes que j'ai rencontrées depuis mon retour au lac Tahoe pour bosser au Blue Casino. Elles sont pires que celles qui m'ont fait fuir au milieu de la nuit avec ma famille il y a onze ans, car ils ne touchent pas qu'une poignée de personnes.

Je redresse les épaules et inspire à fond.

— Entrez, dis-je en regardant vers la porte.

Je suis professionnelle. Je peux gérer…

J'entends le clic de la poignée, suivi du glissement du bois sur la moquette épaisse. Un mec sublime, habillé en Armani, se tient dans l'embrasure. Ma respiration s'accélère et mon ventre palpite comme chaque fois qu'il entre dans une pièce, mince.

La bouche d'Adam se tord, il promène son regard bleu intelligent sur mon visage, l'arrondi de mes épaules. Je suis presque sûre qu'il est conscient de l'effet physique qu'il me fait, mais je ne l'admettrai jamais.

Un autre employé passe devant ma porte, s'arrête, et serre la main d'Adam.

— Félicitations, mec. Il était temps. Tu es *branché*, maintenant.

Au Blue Casino, être *branché* signifie avoir connaissance et accès aux activités illégales du casino, et il y a de fortes chances qu'Adam en fasse partie maintenant. Même avec ses diplômes, personne ne grimpe aussi rapidement les échelons à moins d'avoir un piston en interne.

Adam opine d'un hochement amical du menton.

— Merci, dit-il et l'homme continue son chemin.

Il ferme la porte, nous confinant à l'intérieur. Son regard revient sur moi.

Adam Cade est exactement le genre de riche snobinard

que je méprise. Il a reçu la belle vie en guise de cadeau de naissance : la fortune, les relations sociales, alors que je me suis cassé le cul à l'école et au travail et que j'ai tout gagné par moi-même.

— Inutile de jubiler, dis-je en pivotant vers la fenêtre, espérant que la vue rendra cette rencontre moins pénible. J'ai lu l'e-mail.

J'aurais dû être informée de la promotion d'Adam *avant* qu'elle ne soit annoncée ; je dirige le service des ressources humaines. Adam était sur ma short list, mais j'ai travaillé jour et nuit pour recruter quelqu'un d'autre, certaine de pouvoir trouver un candidat plus qualifié. Le fait que le PDG ait engagé Adam derrière mon dos prouve qu'il me remet une fois de plus à ma place et m'écarte des décisions importantes.

Comme il ne commente pas mon sarcasme, je jette un coup d'œil par-dessus mon épaule.

La bouche sexy d'Adam simule une moue fâchée.

— Tu ne me félicites pas, Hayden ?

Sa grande main masculine, plus calleuse qu'elle ne devrait l'être pour un gosse de riche, est posée sur son cœur.

— Je suis blessé, dit-il. Vraiment blessé.

Je ricane et contemple à nouveau le lac. Ça ne me surprend pas qu'Adam soit dans les petits papiers du PDG. Joseph Blackwell, le patron du Blue Casino, ne voulait *pas* m'embaucher. Il n'a pas eu le choix après qu'un des membres de son équipe ait été pris en flagrant délit de tentative de viol sur une employée. Blackwell m'a choisie dans la pile des candidats pour remplacer le DRH licencié et sauver les apparences. Engager une femme aux ressources humaines était une stratégie RP pour étouffer le scandale.

Trop désireuse de grimper les échelons et de faire mes

preuves, je n'ai compris la raison de mon embauche qu'*après* avoir accepté le poste.

Je suis retournée au lac Tahoe pour me prouver à moi-même que je ne suis pas fragile. Il est hors de question que je fuie le Blue Casino et la manière louche dont le PDG gère l'entreprise. Les personnes aux manettes du Blue ont fait du tort aux employés dans le passé, et je crois fermement qu'ils continuent leurs méfaits, bien que je n'aie aucune preuve concrète.

Je sens Adam s'approcher, et ma peau s'échauffe sous le chemisier cintré que je porte.

— Comment va-t-on fêter ça ?

Sa voix grave et rauque s'infiltre dans mon oreille, me forçant à faire un pas de côté. Il est trop près. La senteur discrète de son après-rasage luxueux me sature les sens, et ça me dérange. Je déteste être attirée physiquement par ce crétin.

— Je te laisserai même m'offrir un verre et des ailes de poulet épicées, raille-t-il.

Je secoue la tête et foudroie du regard son profil ciselé d'élève de prépa. Il y a tellement de choses qui ne vont pas dans sa déclaration que je ne sais pas par où commencer. Alors je vais au plus évident.

— Des ailes de poulet épicées ?

Ses yeux bleus sondent les miens et ma bouche se crispe en écho à la tension qui me vrille le ventre. Quand il me regarde, me regarde *vraiment*, j'oublie qui je suis.

— Ce sont mes préférées, dit-il innocemment.

Adam est un homme qu'on ne peut pas fixer trop long-temps sans ovuler, mais l'humour qui traverse ses yeux dissipe mon brouillard hormonal. Quand il plaisante ou fait des remarques suggestives au cours d'une conversation, je me souviens de l'homme qu'il est vraiment. C'est le genre de connard qui n'hésiterait pas à jeter son prochain aux lions. Je devrais le savoir.

— Je ne te voyais pas comme un type qui aime ce qui est épicé.

Les amateurs d'ailes de poulet épicées sont des mecs qui aiment le foot et les filles en bikini, pas des beaux gosses en Armani de la tête aux pieds qui fréquentent les familles les plus riches de la ville.

Je lui jette un regard oblique. Son éternel sourire en coin a disparu, et son expression est vulnérable, chose que je n'ai jamais vue avant chez lui. Pendant un instant, mon esprit s'emballe. L'ai-je blessé ?

Et pourquoi ça m'embêterait ? Je ne lui dois rien.

Il me lance une œillade séductrice et j'ai envie de me gifler pour m'être demandé si j'avais touché un point sensible.

— Ne juge pas un livre à sa couverture, Hayden.

Lisez ***Jamais avec ton ennemi*** maintenant !

Auteure à succès de USA TODAY

Série Les frères Cade

La Tentation de Levi (tome 1)

Le Défi de Wes (tome 2)

La Séduction de Bran (tome 3)

La Réforme de Hunt (tome 4)

Série Jamais avec lui

Jamais avec un ami de ton frère (tome 1)

Jamais avec un dragueur (tome 2)

Jamais avec ton ex (tome 3)

Jamais avec ton meilleur ami (tome 4)

Jamais avec ton ennemi (tome 5)

À propos de l'auteur

Jules Barnard est une auteure à succès de USA Today dans les genres romance contemporaine et fantaisie romantique. Ses récits contemporains comprennent les séries Jamais avec lui et les Frères Cade. Elle écrit de la fantaisie romantique sous son nom de plume dans la collection Halven Rising que le Library Journal qualifie de « … nouvelle aventure fantastique passionnante. » Qu'elle écrive sur les hommes séduisants du lac Tahoe ou sur le monde féérique d'un campus universitaire, Jules nous délecte d'histoires captivantes, pleines d'amour et d'humour.

Quand Jules n'est pas en jogging en train d'écrire en se récompensant par des chocolats, elle passe du temps avec son mari et ses deux enfants dans leur petite ville natale sur la côte Pacifique. Elle a le super pouvoir d'être capable de lire en cavalant sur un tapis de course ou en brûlant le dîner.

Pour plus d'information, visitez le site web de Jules :
https://julesbarnard.com/francais/

www.ingramcontent.com/pod-product-compliance
Lightning Source LLC
Chambersburg PA
CBHW031056310726
48969CB00007B/2310